中国文学名家小小说精选丛书

幸福只隔一扇门

蒋玉巧　著

江西高校出版社
JIANGXI UNIVERSITIES AND COLLEGES PRESS

南　昌

图书在版编目（CIP）数据

幸福只隔一扇门 / 蒋玉巧著 . -- 南昌：江西高校
出版社，2025.6. --（中国文学名家小小说精选丛书）.
ISBN 978-7-5762-5681-9

Ⅰ . I247.82

中国国家版本馆 CIP 数据核字第 2024ZX0906 号

责 任 编 辑　江爱霞
装 帧 设 计　夏梓郡

出 版 发 行　江西高校出版社
社　　　　址　江西省南昌市新建区工业二路 508 号
邮 政 编 码　330100
总 编 室 电 话　0791-88504319
销 售 电 话　0791-88505090
网　　　　址　www.juacp.com
印　　　　刷　鸿鹄（唐山）印务有限公司
经　　　　销　全国新华书店
开　　　　本　650 mm×920 mm　1/16
印　　　　张　13
字　　　　数　160 千字
版　　　　次　2025 年 6 月第 1 版
印　　　　次　2025 年 6 月第 1 次印刷
书　　　　号　ISBN 978-7-5762-5681-9
定　　　　价　58.00 元

赣版权登字 -07-2024-913

CONTENTS
目　录

123/ 第三辑　有温度的谎言

167/ 第四辑　孔雀开屏

第一辑

幸福只隔一扇门

◀ 画家的画

画家生在大城市，长在大城市，城里的车水马龙、高楼大厦、浓妆艳抹的女子等再也激不起创作灵感，他决定走出城市，寻找久违的灵感。

说走就走，画家背上画夹，坐高铁，转汽车，搭的士，来到东莞市闻名已久的观音山。

观音山风景秀丽、环境清幽，集生态观光、娱乐休闲、宗教文化和姻缘文化为一体的国家 AAAA 级旅游景区。画家看着如画的风景，呼吸着清新清香的空气，心里的欣喜无法用言语表达，情不自禁振臂大呼"此景只应天上有，人间能有几回见"。画家的创作欲望像火山一样喷发，找了一个能一揽全景的位置，支起画架，开始画画。

画家的画技很高，在城里已经有一定的名气，经他的巧手一弄，观音山的山山水水陆续走进了画面中，树木青翠欲滴，泉水叮咚有声，休闲场所古色古香又不乏现代的时尚……画家正画得兴奋，突然一只白色的小兔子蹦蹦跳跳从草丛里蹿了出来，画家大叫一声"妙哉"，画笔一挥，一只活灵活现的兔子已经跃然画上。正得意间，旁边突然蹿出一个高个子男人，手拿棍棒追赶着兔子。画家不由得皱皱眉，心里本能想拒绝高个子男人进入画面，可反应还是慢了一步，高个子男人已经走进了画中，正郁闷间，又一个矮个子男人也走进了画里，两人围追堵截把兔子困在中间。

美好的一切瞬间毁于一旦，画家愤怒了，画笔奋力一挥，晴朗的天空瞬间乌云密布，狂风夹杂着暴雨倾盆而下。

画家正伤神间，耳边突然传来喊叫声"下雨啦"，抬头一看，不由得惊讶万分，刚才还阳光明媚，怎么突然就变天了？他来不及多想，收起画夹，跑进旁边的寺庙避雨。

寺庙里，游客们像一群鸟儿，叽叽喳喳谈论着老天真邪门，变脸比翻书还快。画家看看天，突然想到了那幅画，心里莫名地一咯噔，急忙打开画察看。

画家正看得入神，耳边突然传来小女孩的声音，叔叔，您画得真好看，画的是这座山吗？

嗯。

画上的那只兔子好可爱呀！咦，叔叔，那些人干嘛要抓小兔子呀。

画家摸摸小女孩的头，正不知如何跟小女孩说，恰在此时，一高一矮两个男人气喘吁吁跑进寺庙，跑在前面的高个子男人提着一个麻袋，因跑得太急，不小心撞到了小女孩。

小女孩看见高个子男人时，大声叫道，叔叔，你跟画上抓兔子的叔叔长得好像呀！

画家急忙抬头，刚进来的高个子男人确实跟画上的长得一模一样。事情怎么会这么巧？一时间怔在原地，不知如何是好。

高个子男人一听，也吃了一惊，把麻袋交给矮个子男人，忙凑上前看画。

恰在此时，"咕咕，咕咕……"兔子突然叫了起来。

小女孩眼睛睁得浑圆，抓住画家的手直晃，叔叔，画上的兔子会叫耶。

画上的兔子不会叫。

小女孩不信，用手去抚摸兔子，"咕咕，咕咕……"兔子又叫了起来。

叔叔，它真会叫哩。

不是画上的兔子在叫。

"咕咕，咕咕……"兔子的叫声越来越大，小女孩歪着头听了听，走到矮个子男人身边，仰起头问，叔叔，袋子里装着兔子吗？

矮个子男人的脸红得像抹了胭脂，怔在那，不知道该如何回答。他把征询的目光投向高个子男人，高个子男人只顾着看画，无暇顾及矮个子男人。

小女孩用手去扯麻袋，妈妈急了，一把拽过小女孩，轻声说，宝贝，袋子里哪来什么兔子，走，妈妈带你去玩。

小女孩挣脱妈妈的手，噘起嘴嚷，妈妈骗人！我听见兔子在麻袋里叫呢。兔子肯定是叔叔……

妈妈急得打了小女孩一巴掌，呵斥道，小孩子不要乱说话。

小女孩哭着大叫，我没有乱讲！叔叔是个坏蛋，他抓了兔子，把兔子装在麻袋…

小女孩的妈妈脸色煞白，一个劲地跟矮个子道歉，小孩子不懂事，您不要见怪。

这时，高个子男人走了过来，跟小女孩的妈妈说，孩子没错，麻袋里确实有一只兔子。他拿过麻袋，把兔子放了。

兔子走出寺庙，来到草丛里悠闲地吃着草，鸟儿们叽叽喳喳，在树枝间追逐嬉闹，游客们陆续走出寺庙，一边呼吸着新鲜空气一边欣赏着大自然的旖旎风光。

天晴了！

（本文获 2017 年"观音山·人与自然"全国小小说大赛三等奖。发《荷风》2019 年第 2 期。入选 2019 年中国年度作品·小小说，入选浙江省台州市 2020–2021 学年九年级上期末测试语文试卷、入选 2022 年江苏省扬州市宝应县泛水镇初级中学中考一模语文试卷）

◀ 会感恩的抖音

阳光明媚，微风似母亲的手轻拂脸面，柔软而惬意。郝总心情大好，哼着歌，踩着音乐的节拍走进公司。

郝总来绵竹市投资锂电产业已有三年，单倒是签了不少，都是些十几万到几十万的单，离他心中的目标相差甚远。可今天不一样，他将跟梅总签下千万大单。公司凭借这个单，将会扶摇直上，前景一片光明。

梅总拿起笔签字时，郝总心跳加速，只要笔一落下，锂电产业将跃上新的台阶，公司从此改观。谁也没料到，恰在此时，梅总的电话响了。梅总划开手机屏幕，对郝总指指手机，然后快速走出办公室。梅总再次回到办公室，语气里像加了冰，公司临时有事，合同改天再签，说完头也不回地走了。

郝总傻了！改天签合同，借口罢了。千万的订单呀，刹那间成了泡影。他想拦住梅总，问问原因，可脚像突然生了根，怎么也抬不起来，只能眼睁睁看着梅总的背影逐渐变小，直至消失。

问题肯定出在那个电话上。难道是自己得罪了什么人？可他把大脑翻了个底朝天，也没想出到底得罪过什么人。既然没得罪人，为什么别人要这么害他？都说同行是冤家，难道是同行嫉妒他，杜撰个莫须有的罪名整他？他想得头痛，也想不出所以然。

郝总非常失落，心中的宏伟目标又那么遥不可及。怎样才能挽回梅总的心，跟自己签合同呢？请梅总喝酒，把他灌醉；或者降低产品成本；或者干脆玩一手阴的，给梅总实施美人计？不，不！就算公司破产，绝不能做这些见不得光的勾当。

郝总别无他法，只是一个劲祈求是自己想多了，说不定过几天，梅总会主动找上门签合同。

一个星期过去了，两个星期过去了，梅总没有出现。郝总以为希望破灭之际，梅总竟然主动打来电话，邀请郝总喝两杯。

郝总一头雾水，不知道梅总葫芦里卖的什么药。他带着满肚子疑惑，前去赴约。

郝总刚坐定，梅总拿出手机，划开屏幕，笑着说：郝总，你看看这个。

郝总的心跳猛地往上蹿，手机上会有什么呢？他忐忑不安地接过手机，屏幕上正在播放抖音，悬着的心才落了地。抖音大意是公司的一位保安摔了一跤，导致小腿骨折，生活一时无法自理。保安来自贫困落后的山村，离公司一千多公里。保安怕家人担心，更怕增加家人的心理负担，不敢告知实情。老板知道后，安排一名员工专门照顾他，还发动员工捐款。

郝总越看越迷茫，梅总这次相约，就是为了让他看抖音？梅总似乎看出他的心思，笑着提醒郝总用心看。郝总红了脸，自己带着心思，只想知道抖音的内容，根本没有留意抖音里的一些细节。梅总这么一提醒，郝总点击重播细看，竟然发现拍抖音的场地竟是他的员工宿舍区！他猛然想起两个月前，公司有一位保安小腿骨折，他也派了员工照顾保安。难道是那个保安拍的抖音？

保安叫卓钺，没读多少书，却非常聪明，学什么会什么，抖音玩得顺溜。都说滴水之恩，当涌泉相报，卓钺无以为报，于是发挥自己的特长，把这件事制作成抖音，时刻提醒自己记住老板的好。

梅总业余时间喜欢刷抖音，前几天不经意间刷到保安制作的抖音，很是感动。作为老板，能够这样善待一个保安，实属难得呀。

郝总把手机递给梅总，笑着说：梅总，你今天约我，就是为了喝酒，为了让我看这个抖音？

梅总答非所问：郝总，你就不想知道上次我为什么突然停止签约吗？

郝总愣了愣，随后实话实说，不想知道那是假话，不过梅总不说有不说的道理。梅总含笑点点头，告诉郝总，这次来主要想定个时间把合同签了。

郝总非常惊讶，脱口而出：梅总，你说要跟我签合同？

梅总点点头：嗯。郝总呀，你应该好好嘉奖这个保安，他的这个抖音擦亮了我的双眼。我决定助你一臂之力，将锂电产业做大做强，远销国外。

谢谢，谢谢，谢谢梅总！

不！郝总，你应该谢谢你自己，是你给自己创造了机会。

郝总还想说什么，梅总举起杯：来，为我们的合作干杯！

两个酒杯碰在一起，声音清脆而美妙。

（本文发 2021 年《微型小说月报》第 1 期、获得 2020 年"德阿杯"文学作品征文大赛小小说类三等奖）

◀ 老公得了梦游症

文惠是偶然发现老公艾党得梦游症的。

那天晚上，文惠做了一个梦，梦见老公跟一群罪犯搏斗，一个罪犯突然拿出匕首，刺向老公的心脏，她尖叫一声，醒了。

文惠醒后，发现老公不见了。

文惠是大二入党的宣誓上认识老公的。俩人志趣相投，一见如故。毕业后，老公追随文惠来到河源江东，成了一名警察。老公在工作上是出了名的较真，有一次为了抓一名逃犯，他守在逃犯躲藏的地方三天三夜，终于将逃犯抓捕入案。大家都戏称他是拼命三郎。他挺得意，工作起来更加拼命，恨不得把床背到背上。35岁那年，老公当选派出所所长。成了所长的老公，更是忙得脚不沾地。清早出门，常常深夜都不回家。

文惠笑话他比国务院总理还忙，干脆把派出所当老婆和孩子得了。

老公拥着文惠，一脸歉意，老婆，我是所长，所里的事我不操心谁操心?

文惠鼻子一哼,不就是一个所长嘛,好像有多了不起似的。

文惠毕竟也是一名党员,思想觉悟也不低。埋怨归埋怨,心底里还是挺欣赏老公工作上的那股狠劲。老公每次加班,文惠总是不辞辛劳,做好可口的饭菜给老公送去。有一次,老公为了破获一桩犯罪团伙,晚上没回家。第二天,文惠做了老公最爱吃的糖醋排骨送过去。走进办公室,老公趴在办公桌上睡着了,旁边是一桶没吃完的方便面。她鼻子一酸,眼泪哗哗地往下流。

事后,文惠心疼地责备老公,工作重要,也得保重身体呀。老公笑着说他的身体是钢铁铸成的,结实着呢。

老公毕竟是血肉之躯,50岁那年,突然晕倒在办公室。到医院一检查,胃病,还有心脏病。上级考虑到他的身体原因,强制他回家疗养一段时间。他在家疗养,文惠对他约法三章:不抽烟不喝酒、不熬夜、不管所里的事。

文惠以为老公去了卫生间,左等右等也不见老公回卧室,她的心立刻提到嗓子眼。

文惠急忙起床,老公不在卫生间。她来到客厅,一股呛人的烟味迎面扑来,燃烧的烟头在黑暗中一明一暗,老公竟然在吸烟!老公有心脏病,医生一再嘱咐绝对不能吸烟!

她打开灯,心痛地责备道,老艾,你不要命了吗?

老公不理她,眯着眼,猛吸一口,又缓缓吐出。她才注意到老公表情木讷,眼睛半睁半闭,全然无视她的存在。老公吸完烟,自顾自走进卧室,倒头便睡。

早上起床后，她说起晚上的事，老公说她胡扯！

接连几天晚上，老公都是凌晨起床，走到客厅，要么抽烟，要么静坐，过后回卧室，倒头睡下。

第五天晚上，文惠实在太困，眯了一会眼。醒来时，老公竟然不在家！她正想打儿子的电话，门开了，老公裹着一身寒气，走了进来。

她迎上去，老公照样无视她的存在，径直走进卧室，倒头便睡。

早上起床，她问老公晚上去了哪里？老公一脸茫然，哪里都没去呀。

文惠晚上再不敢睡，实在太困，往额头、太阳穴擦点风油精，让自己保持清醒。凌晨二点左右，老公起床后。她悄悄跟着，老公走出家门，走进电梯，直接下到负一楼。她赶到负一楼的时候，老公不见了，小车也消失了。

文惠回家后，睡意全无，一颗心悬了起来。老公开车去哪里，会不会有危险？两个多小时后，响起了开锁声，老公照样是裹着一身寒气回家。

连续几个晚上都是如此。

文惠很焦虑，就目前的情况来推断，老公应该得了梦游症。老公梦游去开车，万一有个三长两短，那可怎么办？她思量良久，瞒着老公，请人在老公的手机上安装了监控软件。老公梦游开车竟然去了高速附近的便民服务区，在那里一待就是两个多小时！

文惠突然想起，前段时间老公看的一则新闻，便民服务区不知从哪里冒出打劫团伙，专门打劫那些外地豪车司机。他非常气愤，这些人真是丧尽天良，必须尽快抓获！几天后，便发生老公梦游的事情。

一个星期后，本地新闻报道，派出所经过为期半个月左右的蹲守、伏击，终于将打劫团伙抓获。文惠发现抓获一起打劫团伙的警察中，有一个警察身材，相貌跟老公神似。

那天晚上，老公睡得很踏实，再没梦游。

文惠看着熟睡中的老公，笑着说，小样，装得挺像呀，不去当演员真的可惜了。

（本文发 2021 年 10 月 18 日《河源日报》，获 2021 年"江东杯"小小说大赛三等奖、获广东省第三届"华通杯"小小说双年奖三等奖，入选 2017—2022 年中山文选·小说卷《沉默的卡农》）

◀ 幸福只隔一扇门

大街上人流如蚁，噪声震耳，我游荡在流动的人群里，情绪低落。心里一千遍一万遍问着同样一个问题，到底要怎样做才能让老婆开心，家庭幸福呢？

真是屋漏偏逢连夜雨，刚刚晴朗的天突然变了脸，一声炸雷过后，豆大的雨点落下，顷刻间，干燥的地面马上扬起了一层白雾，蒸腾成热气。我更加烦躁，心情犹如变脸的天，灰蒙蒙，湿漉漉。

半个小时前，老婆掀翻茶几，对我大吼，这日子没法过了，离婚！我愣了片刻后，夺门而出。我逃出家门，不是害怕老婆，是害怕争吵升级，闹得无法收拾，不得不离婚的地步。我是爱老婆的，怎么舍得离婚呢。

我望着变化无常的天，心想，女人的心就像老天的脸，一会晴一会阴一会又是狂风暴雨，猜不准什么时候会变。扪心自问，结婚以来，我对老婆不错呀，工资上交，衣物首饰没少给她买。可老婆就是不满意，说什么自己瞎了眼，当初怎么就看上我；说什么跟我结婚倒了八辈子的霉，活得太窝囊；说什么要有下辈子，打死她也不会嫁给我等。唉！

我正惆怅满怀，同事郝仁不知从哪里冒了出来，说他家就在楼上，邀请我上去坐坐。郝仁在单位是出了名的模范丈夫，曾有女同事感慨，要是嫁了郝仁这样的男人，一辈子有享不完的福。我心想反正下雨走不了，不如趁此机会向郝仁取取经。

郝仁的妻子听说有客人来了，系着围裙从厨房走了出来，一脸灿烂跟我打招呼。郝仁沏好茶，洗好水果，打开电视，安排妥当后，说"今天在这里吃饭，你先坐一会儿"，尾随老婆进了厨房。

我心里很不爽，心想，老婆做饭，郝仁你用得着去陪吗？把我一个人晾在客厅，分明是故意冷落我，假惺惺留我吃饭干嘛？不如趁早走人，免得自讨没趣。本想抬腿走人，想想礼节不能少，招呼一声再离开。我隔着玻璃门，看到厨房的一幕时，忘了说话，忘了挪步。

雨后的夏天更加闷热，厨房有了煤气灶的添油加醋，犹如蒸笼般酷热难挡。郝仁的老婆手持锅铲麻利地翻铲着。郝仁侧身站着，手里拿着一包抽纸。每隔一会，老婆会侧过脸，郝仁则快速地抽出一张纸，帮老婆擦去额头上、脸上的汗珠。老婆冲郝仁妩媚一笑，瞳孔里电波流动，柔情似水。这种眼神，我跟老婆恋爱时见过，淡去视线已经好多年。我就那么傻傻地站着，直到郝仁老婆"谢谢老公"娇娇软软的声音响起，这才反应过来。我怕郝仁夫妻发现我偷看，急忙返回沙发坐下。

郝仁的老婆那眼神，啧啧，多幸福呀。难道就是因为郝仁在厨房陪她，帮她擦汗？我还没想明白，桌上摆上色香味俱全的各种菜肴，吃饭了。我确实饿了，想也没想，拿起筷子正准备夹菜，耳边突然传来孩子幼稚的声音，叔叔，你不能先吃。

郝仁愣了片刻，呵斥孩子没礼貌，让我多担待。孩子噘着嘴说，爸爸，你说妈妈很辛苦，要等妈妈一起吃，你忘了？郝仁一时无语，郝仁的老婆抚摸着孩子的头说，宝贝，叔叔是客人……我注意到，吃饭时郝仁劝我多吃菜的同时，一会儿帮老婆夹菜，一会儿又帮孩子夹菜。孩子甜甜地笑着，学着郝仁的样子给妈妈夹菜。郝仁的老婆一脸的满足，幸福之情溢于言表。

回家的路上，我想想郝仁家，再想想自己家，不由得汗颜。结婚以来，我除了会给老婆工资卡外，厨房帮忙、给老婆夹菜、教育孩子等都是高高挂起。就在今天中午，老婆在厨房忙，我则跷着二郎腿坐在沙发上，开着空调，一边品茶一边看电视。辣椒味闯进客厅，引起我咳嗽，我还责怪老婆厨房的推拉门关得不严实。老婆说厨房好热，汗水刺得眼睛睁不开。我暗怨老婆娇气，不就是做个饭嘛，叫什么苦。

更过火的是，老婆做好菜，我带着儿子火速坐到餐桌前，猴急似的把爱吃的菜往碗里夹。老婆忙完坐到餐桌前，桌上的菜所剩无几。

两个家庭在我的大脑交替出现，我的心里渐渐明朗起来。来到大街上，雨不知道什么时候停了，太阳出来了。我心情大好，踏着阳光，抱着一束黄玫瑰回家。

到家时，老婆正在看电视。我把黄玫瑰举到老婆面前，老婆扭过头，看见黄玫瑰，愣了片刻后，狠狠地瞪我一眼，说声"虚伪！明天去离婚"，走进卧室，"砰"的一声，把我关在门外。

第二天，我怕老婆真的拉我去离婚，趁她没醒，溜出了家门。心一直"砰砰"乱跳，生怕电话响起，老婆催我去民政局办离婚。还好，整个上午电话没响。中午时分，我壮起胆回家，老婆到厨房做饭。我走到厨房推拉门前，犹豫了，进还是不进？进，老婆要是再骂我"虚伪"，把我赶出来，怎么办？不进，等待我的是什么，我想也不敢想。我思量良久，鼓起十二的勇气，推开玻璃门，变戏法地从口袋里拿出精致的小风扇给老婆吹风。老婆回过头，我紧张得大气都不敢出，生怕老婆抢过风扇，摔到地上再踏上一脚。老婆的目光在小风扇上停留十秒左右，扭过头继续炒菜。我壮起胆，附在老婆耳边柔声说，老婆，以前都是我的错。从今天开始，我就是全新的我，请老婆大人看在我悔过自新的份上，原谅我吧。

老婆忙完后坐到餐桌上，发现我跟孩子在等她，吃惊地问孩子，宝贝，今天为什么不吃饭呀。爸爸说要等妈妈一起吃。老婆惊讶地看了我一眼，揉揉孩子的头发，宝贝真乖，快吃饭吧。我殷勤地给老婆夹菜，孩子也学着我的样给老婆夹菜，老婆看看孩子，再看看我，脸色越来越柔和。

一个月后，老婆偎在我的怀里，仰起头深情地望着我，声音里像拌了糖，老公，你真好！性感的红唇一张一合，像绽放的红玫瑰般散发着诱人的花香。

（获"我心中的幸福家庭"主题征文二等奖，发 2021 年 4 月 11 日《中山日报》）

◀ 犯浑的玩笑

他看着她失魂落魄的背影，顿时愧疚不安起来。

他叫王筱，人如其名，特别喜欢开玩笑。他的同学结婚，他悄声跟同学说新娘曾经跟他相好过，同学当时就黑了脸，他笑喷。同学醒悟过来后，给了他一拳，笑说差点上了他的当。这件事在同学群里传开后，一个学法律的同学劝他开玩笑不要过火，过火伤感情不说，还会触犯法律。他哈哈大笑，玩笑会触犯法律，鬼才相信。

他跟她恋爱三年，准备结婚。她说她想要一场隆重的婚礼。他正创业，想把有限的财力用于投资，笑着说让她再考虑考虑，她撒着娇说就要就要嘛。

他皱着眉说："你怎么那么爱慕虚荣？"

她原本只是撒撒娇，想让他哄哄她。没想到他竟然说她爱慕虚荣。她嘴巴一噘，说："我就爱慕虚荣，怎么的？你要后悔，我们可以分手。"

"我不会满足你的虚荣心，也不会跟你分手！"

"你不跟我分手，我偏要跟你分手。"

"你敢分手，我……"

"你想怎样？"她咄咄逼人。

"到时你就知道了。"他冲她扮个鬼脸，走了。

第二天，她刚走出公司，一辆小车上下来两个蒙面人，一左一右挟持她上了车。她缩成一团，颤抖着问："你们想干嘛？"蒙面人狠狠瞪她一眼，叫她闭嘴。她急忙从包里摸出工资卡，哀求他们放过她。蒙面人扯下面罩哈哈大笑，竟然是他！她大骂他混蛋，他却嬉笑着说："你要是再敢说分手，哼哼！我非把你卖到大山里不可，"她跳下车，逃也似的离开。

晚上他打她的电话，打不进；给她发微信，已被拉黑。那天晚上，他想着她那张惊惶失措的脸，怎么也睡不着。一会怨自己玩笑开过了头；一会又怨她太小心眼。不过，他觉得应该找她解释清楚，他没有恶意，只是跟她开个玩笑而已。

第二天，他去接她下班，她的同事告诉他，她请假了。他来到她家，见到她时，吓了一跳，一天不见，她憔悴了很多，眼神无光，像霜打的茄子，全没了昔日的光彩。他很吃惊，问她怎么了？她的母亲骂他混账，叫他赶紧滚。

他从她母亲的哭诉中，知道了事情的原委。

她的姑姑三岁那年被人贩子绑架，从此杳无音信。姑姑是全家人的痛。她五岁那年，母亲带她上街，她趁母亲不注意，溜到旁边的广场玩耍。母亲急疯了，找她时差点出了车祸。母亲抱着她，边哭边跟她说起姑姑的事。叫她从今后不要搭理陌生人，不要乱跑。她的心里从此种下一团乌云。

那天，他恶劣的玩笑，让她想起姑姑的遭遇，夜里她失眠了，恍惚间做了个噩梦，梦见两个蒙面人绑架她，把她卖到大山深处，一个又老又丑的男人扑向她。她尖叫一声，醒了。母亲听到叫声，急忙走过来安抚她。她扑进母亲的怀里，失声痛哭起来。母亲吓了一跳，几经追问，她说出了事情的来龙去脉。

他解释说他要是知道姑姑的事，肯定不会跟她开这样的玩笑。他请求她的原谅，承诺就算砸锅卖铁，也要给她一场隆重的婚礼，风光把她娶回家。她的父亲红了眼，对着他吼："你把我女儿害成这样，还想娶我女儿？！做梦！我告诉你，我已经报警，你就等着坐牢吧。"

他拉住她的手，流着泪说他害怕失去她，开了不该开的玩笑，请她原谅他。她其实很爱他，看他流泪，心就软了。她的父亲见状，一把把他推出门外："砰"的一声把门关上。

他扑通一声在门前跪下。如果她不肯原谅他，他就一直跪着不起来。

大约十分钟后，耳边突然传来警笛声。他还没反应过来，两名警察已经来到他的面前。

他慌忙解释说："警察同志，我没有违法，就是开了一个玩笑……"

警察告诉他，《中华人民共和国刑法》第234条规定，玩笑过火，伤害他人身体的，处三年以下有期徒刑、拘役或者管制。

就在此时，她走了出来，哭着说撤销报案，请求警察不要抓他。警察确认他没有作案的动机，确实就是玩笑开过了火，对他进行一番教育后，走了。

他擦干她脸上的泪，拥她入怀，柔声说："亲爱的，你别难过了。我知道错了。以后我要是再犯浑，就算你肯原谅我，我也不会原谅我自己。"

（获2023年"筑梦佛山·我与宪法"全国征文三等奖）

◀ 当酒遇上故事

　　父亲23岁那年，跟邻村的女孩（我母亲）相识并相爱。父亲上门求亲，可外公嫌父亲太穷，怎么也不同意。

　　求亲遭拒，父亲第二天出了门，从此消息全无。

　　半年后，父亲抱着一坛酒出现在女孩（我母亲）的家门口。

　　外公铁青着脸，冷哼一声："想用一坛酒娶我的女儿，没门！"要赶父亲出门。父亲急忙说："这不是一般的酒，您听我讲。"父亲不管外公同不同意，自顾自地讲了起来：

　　"我家老祖宗徐海在秦朝时就很有名气，秦始皇派老祖宗出海求长生不老药。第一次出海空手而归，老祖宗说海神嫌礼物太轻，拒绝给仙药。秦始皇就让老祖宗酿酒壮行。第二次出海后，老祖宗东渡日本，在那边成了王。这酒呀，就是用老祖宗的秘方酿的。"父亲边说边打开坛盖，一股香气立刻蔓延开来。外公把酒抱在怀里，对着父亲呵呵笑。

　　一坛酒成就一段美满姻缘，一时在乡邻传为佳话。

父亲婚后爱上喝酒，对老祖宗念念不忘。第二年生下我，给我取名"继海"。满月那天，酒宴上，父亲强调说酒是用老祖宗的秘方酿的酒，还有声有色讲起老祖宗的故事。

我还小的时候，清楚地记得，父亲每次犯酒瘾，母亲总会从里屋拿出一小坛酒递给父亲。父亲嗅一下鼻子，说句"真香"，然后把酒小心地倒进专用的酒葫芦里，背上酒葫芦到村子里晃悠。父亲逢人就说："闻闻，是不是很香？"别人想喝一口，父亲把酒葫芦往身后一拽，一本正经说："不行。你要是喝了，我喝什么呢。"然后不管对方生不生气，笑呵呵地走了。

一有空闲，父亲就会跟我讲老祖宗的故事，每次讲完之后，拍拍我的肩膀："小子，记下了吗？"直到我点头为止。有时父亲拿着酒葫芦在我眼前晃一晃，问我："小子，知道这是什么酒吗？"我要说知道，父亲就会竖起大拇指；要说不知道，父亲又会开始老祖宗的故事。有时父亲会冷不丁地问我："小子，会讲老祖宗的故事吗？"慢慢地，小小的我摸清了父亲的脾气，每次父亲问我，我都会给父亲满意的答卷。

我考上大学，临行前，父亲把我叫到身边，郑重地说："海儿，知道我为什么给你取名继海吗？"

我点点头。

父亲笑着说："知道就好。"

儿子满月的喜宴，我特意买了市场上很流行的 42 度的"徐福典藏"酒，父亲自然是欣喜不已。

开席时，父亲端着酒杯："喝这徐福酒前，我先讲个故事……"

我赶紧站起来，把父亲按到座位上，笑着说："爸，今天是我儿子的满月酒，故事还是由我来讲吧。"

我绘声绘色讲起了老祖宗的故事，父亲连连点头，笑着一个劲说："好，好！"

那天，父亲开心得喝高了，大着舌头说："海儿，你从哪里买的'徐福酒'？好喝！我这一辈子还没喝过这么好喝的酒呢。"

我笑着调侃："爸，这'徐福酒'比当年老祖宗秘方酿的酒如何？"

母亲在一旁插话："海儿，你父亲的话你一直当真？"母亲扭过头问父亲："老头子，当年的酒好喝吗？"

父亲梗着脖子说："好喝，当然好喝。"

母亲擦一下眼："当年饭都没得吃，哪来粮食酿酒？你每次犯酒瘾，我往酒坛里兑进白开水给你。你越说香我心里越难受，越觉得对不起你。"

"老太婆呀，该说对不起的人是我。当年那坛酒……"

母亲接过父亲的话："当年那坛酒是一个老头送你的。"

"你怎么知道？"

"当年你离家出走后，我开始绝食，爹妈没办法，只好依了我。你想想，那年你是怎么得到那坛酒的？"

父亲一手抓着头发，说："那年我在外边混不下去，又没面子回老家。一天傍晚，一个老头说特别喜欢我的烟袋杆，要用一坛酒换。老头还说认识你爹，说你爹最喜欢喝酒，用这坛酒求亲肯定能成。我就用烟袋杆换了酒，跑到你家说是用祖传秘方酿的，没想到还真成了。"

母亲大笑道："那个老头是爹的表哥，是我让爹买了酒，让表叔去找你的。你那个破古董烟袋杆，表叔回家就扔了。"

父亲眼里含着泪花，端起酒："海儿，来，敬老祖宗，敬你妈妈，敬那些好心人。干了！"

几个酒杯碰在一起，声音清脆悦耳，宛如一首美妙的仙乐。

（获首届"徐福酒杯"徐福文化全国文艺征文优秀奖）

◀ 石头剪刀布

霍九爱喝酒，只喝两种酒，五大名酒和母亲酿的酒。

霍九的交际广，应酬多，常有酒局，不可能每次喝的都是他认定的五大名酒。他又不想扫朋友的兴，每次应酬时，总带上老婆。五大名酒，他喝；不是五大名酒，借口身体不舒服，由老婆代喝。

霍九的老婆在他的培养下，慢慢地爱上了喝酒，酒量越来越大。

那天，霍九的舅舅60大寿，夫妻俩去祝寿，寿宴用的是邹记福酒。他自然是不喝的。

舅舅来敬酒时，他一脸歉意，舅舅，今天胃不舒服。不能喝酒，让我老婆替我喝吧。

严不严重，有没有去看医生？舅舅关心地问他。

老毛病了，不碍事的，过两天就好了。

他边说边朝老婆使眼色。老婆会意，赶紧端起酒杯祝舅舅生日快乐，健康长寿。老婆以往喝酒都是点到为止，从不贪杯。没想到这次，别人敬酒，老婆都是来者不拒，一仰脖子，酒便倒进了肚里。这样喝下去，非醉不可。

他有些不爽，女人家怎么能这么贪杯呢。他假意咳嗽几声，意在提醒，可老婆不知道是真不懂还是装不懂，照样喝。他忍不住碰碰老婆的胳膊，老婆倒好呀，全然不理会，竟然越喝越欢。

他实在忍不住，笑着提醒道，老婆，你不能再喝了，再喝真要醉了。

老公，我还能喝呢。老婆面若桃花，娇声软语。

他心里火起，夺过老婆的酒杯，声音里像掺了冰，老婆，你真不能再喝了。

回家的路上，他闷声开车，老婆跟他说话，他理都不理。回到家，他澡也懒得洗，和衣倒在床上，蒙头就睡。

老婆拉开被子，冲他撒娇，老公，干嘛不理我呀。

他甩开老婆的手，侧身蒙头又睡。老婆再拉，反复几次，他猛地翻身坐起，冲着老婆吼，你不是喜欢喝酒吗？再去多喝几杯呀。

老婆噘着嘴，凶什么凶呀。结婚前我滴酒不沾，喜欢喝酒也是你逼出来的。

我什么时候叫你喝那么多酒了？

我觉得酒好喝，就多喝了几杯，这不是很正常嘛。

邹记福酒有那么好喝吗？

酒那么香，难道你没闻到香味？

他当然闻到酒香了，当时心里还动了一下。可一看牌子，内心才重归于平静。

老婆聊起邹记福酒，眉飞色舞，酒一入嘴便会自动滑入喉咙，叫人欲罢不能。那种香呀，真正绕舌三日，余香不绝呀。更绝的是，几杯酒下肚，头不晕眼不花，还神清气爽呢。

他皱皱眉，没好气地打断老婆，行了，行了，越说越离谱了！

不信拉倒，懒得跟你说了！老婆身子一侧，给了他一个背影。

他望着老婆的背影，心想，老婆也是有分寸的人，以往喝酒，从不贪杯。今天确实有些反常，难道真的是酒太好喝，让老婆失了分寸？少顷，他摇摇头，笑话自己耳根子软，老婆夸大其词，目的就是为自己的失态找借口，这种话能信吗？

大约一个月后，表弟海外归来，邀请他去聚聚。餐桌上摆的还是邹记福酒。

表弟打开酒瓶，一股清香立刻在室内弥漫开来。他吸吸鼻子，暗自赞道，好香！

表弟给他斟酒，老婆笑着端过酒杯，说，表弟呀，你表哥胃不好……

他突然站起来，抢过老婆手里的酒杯，说，老婆，我的胃不碍事，好久不见表弟了，得陪他好好喝两杯。今天你开车，别喝酒了。

老婆怔住。少顷回过神来，劈手夺下他的酒杯，不行！不行，你胃不舒服，喝什么酒呀，还是你开车，我陪表弟喝几杯。

他不同意。两人互不相让，表弟乐了，笑着说，你们别抢了，干脆猜拳，石头剪刀布，三打两胜。谁胜谁喝酒，如何？桌上的人全都跟着起哄，猜拳猜拳。

猜拳就猜拳！他俩齐声说。

石头剪刀布！他俩出的都是石头，第一轮平手；石头剪刀布！老婆故意慢半拍，他出剪刀，她也跟着出剪刀，第二轮又是平手。表弟笑着说，你们别石头剪刀布了。今晚在这里住下，酒管够，放开喝吧。

他默认。老婆不同意，不行，明天我跟朋友有约呢。

那……那我帮你们找代驾。

他不吭声，老婆还是不同意，一定要石头剪刀布决胜负。石头剪刀布，老婆一声吆喝，他出剪刀，看向老婆，老婆出的是石头。输了！

他有些失落，耳边却传来表弟惊喜的声音，表哥，你赢啦，

他很惊讶，明明看见老婆出的是石头，怎么变成布了呢？难道是自己太紧张，看花眼了？表弟已帮他斟满了酒，他不再细想，迫不及待端起酒杯。那天晚上，他一杯接一杯，喝得很high。老婆提醒他少喝一点，他左耳进右耳出。

第二天，他又想起猜拳的事，忍不住问老婆，老婆，我明明看你出的石头，怎么变成布了呢？

老婆妩媚地一笑，看你很失落，心一软，便成布了呗。

找代驾，我们就可以都喝酒了呀。你为什么要反对呢？

老婆深情款款，我们都喝醉了，谁来照顾你呢？！

（获2021年"邹记福杯酒类"广东省优秀小小说大赛优秀奖，发2021年6月25日《宝安日报》）

◀ 对弈

接完老同学的电话，老廉的心里顿时忐忑不安。

老同学是搞房地产的，到哪都财大气粗，是本地政商两界的红人，一般人他根本看不上，包括没当院长的老廉。

七年前他升院长，老同学突然请他吃饭，还带着六岁的儿子董历，说是祝贺他荣升。酒至中途，老同学提出跟他结亲家。他笑说拉倒吧，现在都啥年代了，还搞指腹为婚，包办婚姻。老同学尴尬地一笑，附和说那是，那是。他以为这事过去了，谁料又几杯酒下肚，老同学又说让董历认他做干爹。他也婉言谢绝了。老同学也许是喝多了，红着脸，粗着脖子说他当了院长，架子就大了，瞧不起人，愤然离去。

老同学说要来登门拜访，为上次喝酒的事道歉。他想事情已经过去七年了，还道什么歉呢。难道是有事相求？

老同学来时，还是带着董历。几年不见，董历已经长高，成了帅小伙。见到他，便廉叔叔廉叔叔地叫，很懂礼貌。

上次真喝多了，胡言乱语，你可千万别往心里去啊！见面老同学就说。

你不说我都忘了，同学之间，说啥都没关系。他笑着说。

不介意就好！老同学接着拍着董历的肩膀又说：老廉呀，这小子从小喜欢象棋，三岁时就下得有模有样。听说您在市里比赛拿了一等奖，崇拜得不行，硬缠着我带他来拜师。

他心里悬着的石头落了地。打着哈哈说：我那三脚猫的功夫，拜什么师呀，不过，可以切磋一下。他很喜欢象棋，也想看看董历是不是他老子说得那么厉害。

老同学玩笑说董历若是三局能胜一局，他就得答应董历拜师。他想，三局胜他一局，棋艺相当不错，收这样的徒弟也是人生一大幸事。他犹豫了一下，便同意了。

董历棋艺确实不赖，但跟他比还是有些差距。第一、二局，他轻松获胜。第三局时，他看着满头大汗的董历，心里就那么怜悯了一下，董历便占了上风。

董历欢天喜地拜他为师，一口一个师父叫得亮堂。

那次后，董历周末必到，每次带些水果点心什么的孝敬他，他满心欢喜。下棋时，他也会给予一些指点。董历聪明，一点就通，他从心里喜欢上董历。随着时间的推移，董历越来越厉害，每次下棋，难分胜负。俩人的关系更近了，他待董历像亲生儿子一般。

一天周末，董历送他一个特制的金棋盘，他当时就懵了。半晌回过神来，他推说礼物太贵重，叫董历拿回家。无论他怎么说，董历嘻嘻哈哈就是不肯拿走。他黑了脸，吼道：再不拿走，以后别再叫我师父！

金棋盘事件后，董历好像烈日下荷叶上的水珠，蒸发得无影无踪。早已习惯董历陪伴的他，心里空荡荡的。想打电话，又抹不下脸面。就在这个时候，董历来了。他非常激动，急忙拿出棋盘，招呼董历杀两盘。

董历扑通一声跪了下来，流着泪说，师父，救救我爸！

你这孩子，这是干嘛呢？起来说。

昨天，我爸为了一块地盘，跟吴老板起了争吵。爸爸一时火起，把吴老板的肋骨打断了，被警察抓了。我爸说师父要是肯出面，花点钱，这事就能摆平。

他阴着脸不吭声。

董历仰起脸：师父，你要是不答应，我就跪死在你的面前！

他看着董历那倔强的脸，心火辣辣地痛。老同学呀老同学，你为了一己私欲，为难我倒也罢了，怎能把孩子引向歧路呢。你被抓我能不知道吗？可是我作为法院院长，能知法犯法吗？

他思考良久，拿出棋盘，说：来，咱们杀两盘。

师父，今天我要是赢了，你要救我爸。

好！不过，你要是输了，就别怪我。

一言为定！

董历从地上一跃而起。几天不见，董历的棋艺又长进不少。第一局，他败了。第二局，他特别小心，不急不躁，步步为营，每一步走得滴水不漏，董历苦苦应对，最终败下阵来。第三局，董历攻势凌厉，步步紧逼，渐渐占了上风。董历一脸得意，志在必得。谁料想，他突出奇招，变守为攻。董历方寸大乱，原本走马的，却架了炮。

他拉过董历的手，语重心长地说：董历呀，人生如棋，一步走错，全盘皆输，

老同学叫董历拜他为师，他就想到并不是纯粹的拜师那么简单，指点董历时，便留了一手。

送走董历，他一屁股跌坐在沙发上，暗叫一声："好险！"

（获 2021 年"相约民法典"法治故事和法治微小说全国征文创作大赛三等奖。发《大渡河》2022 年第 1 期、入选 2017—2022 年中山文选·小说卷《沉默的卡农》）

◀ 拎得清

················

艾总去签合同，临出门时老婆拿出一对耳塞，一个眼罩给他。他一脸茫然，不解地看着老婆。

艾总叫艾国，绰号"艾闲事"，出生在北方偏远的山村。他从小就特别崇拜孙中山，小小年纪的他在心里种下愿望，努力学习，考到伟人的故里读大学，寻找伟人的足迹，感受伟人的博爱情怀。没想到，小学六年级那年，父亲因病去世，他不得不含泪辍学。十四岁那年，他不顾母亲的反对，背起简单的行囊南下中山寻找梦想。他年纪小，又没特长，找不到工作，最后饿倒在街头。一位好心人救了他并收留了他。他暗暗发誓，一定要好好工作回馈恩人。

说起他的绰号，还有一段来历。公司刚成立那年，他去签第一笔合同，路上看见几个小混混调戏一个小姑娘。他不管三七二十一，撸起袖子，冲上前英雄救美。小混混们气他坏了好事，仗着人多围攻他。幸好警察及时赶到，他才得以脱身。他从警局做了笔录出来，早过了约定的时间，合同打了水漂。老婆很生气，骂他"猪脑子"，一辈子注定是穷光蛋。他不生气，笑嘻嘻地反问老婆："小姑娘如果是我们的女儿，你说救还是不救？"老婆对着他直翻白眼。还有一次，他回家的途中看见一男子推搡一年轻女子，不由分说上前，对着男子就是一拳。没想到，女人柳眉倒竖，质问他为什么打自己的老公？老婆笑喷，问他还管不管闲事？他一本正经地说："管，当然得管。万一是人贩子呢？"老婆银牙咬得格格响，说："我看你就是一个闲事佬，干脆改名'艾闲事'得了。"

最近他的公司资金链出了问题，高总雪中送炭，愿意签订两千万的合同，助他渡过难关。

老婆瞪他一眼，把眼罩和耳塞塞到他的手上，命令道："看什么看！戴上！"

他回过神，让老婆把心放肚子里，去高总的公司也就一个多小时的路程，哪有什么闲事可管呀。老婆冷哼一声："你忘了第一次签合同的事了？"他搔搔头，不好意思地笑笑："那就是碰巧遇上而已。"他拍胸担保，这次就算碰巧遇上，他也不会像以前那样冲动，拎得清孰轻孰重。老婆剜他一眼："信你才怪！"非让他戴上眼罩塞上耳塞，或者不让他出门。他没辙，只好依了老婆。

车子刚驶出老婆的视线，他暗笑老婆太孩子气，把眼罩和耳塞丢到一旁，摇下车玻璃，深吸一口气，眼睛定格在不远处的公路上。一堆人围成圈，其中的一个中年男人朝来往的车辆焦急地招手。

他心里咯噔一下，想也没想，冲着司机大叫："小刘，停车！"

小刘看一眼他，说："艾总，你要赶去签合同。"

他犹豫了几秒，往靠椅上一躺，闭目养神，脑子却像沸腾的水翻腾开了。刚来中山昏倒在路旁的一幕，重又浮在眼前。要不是好心人相救，他能有今天吗？他当年发誓要回馈中山，就是这样回馈的吗？合同对于公司来说很重要，人的命不是更重要吗？车子驶出100米左右，他突然直起腰，吩咐小刘把车子倒回。

"艾总……"

"别废话！"

地上躺着一位40左右的女人，脸色惨白，呼吸微弱，危在旦夕。他立刻和中年男人把病人抬上车。小刘皱皱眉，忍不住说："艾总，我们可以拨打120……"

"别啰唆！快，送病人去医院。"

经过紧急抢救，病人转危为安。医生说好险呀，要是再晚几分钟，就算华佗再世，恐怕也无回天之力。

他安顿好病人，早过了签合同的时间。他稍加思考，拨通高总的电话。他没想到的是，高总不等他开口，直接把电话挂了。

他想着辛苦打拼的公司不得不宣布破产，心里不免隐隐作痛。但转念一想，公司倒了还可以从头再来，病人要是因为自己一念之差丢了性命，再也无法挽回。他又释然了。

他担心的是，老婆要是知道合同黄了，能承受得起这个打击吗？他正想着，办公室的门突然被撞开，老婆一脸怒气冲了进来，指着他的鼻子大骂："艾闲事，你不是拎得清吗？怎么把公司拎没了？！这日子没法过了……"老婆说着说着哭了起来。

他看着哭得稀里哗啦的老婆，很是心疼。老婆跟他结婚以来，勤俭持家，却没有过过几天好日子。原本打算签下这个大单，公司正常运转后，给自己放假，带老婆去旅游。唉！谁料想……

他扶住老婆的背，声音很轻，轻得像漂浮的羽毛："老婆，你消消气。我确实在心里反复权衡过，公司和人命，孰轻孰重？我……"

老婆甩开他的手，捂住耳朵，尖叫："不要说了！"

恰在此时，司机小刘跑了进来，喘息着说："艾……艾总，病……病人……"

"小刘，病人怎么了？"他的心悬了起来。

小刘捂住胸口，一字一顿地说："艾总，真没想到，病人竟是高总的姐姐。"

"小刘，你说的是真的吗？"

手机就在这时响起，他看一眼来电显示，是高总打来的。他迟疑了片刻，按下接听键。

（本文获 2023 年中山作协"新时代 新征程 新伟业——深入学习宣传贯彻党的二十大精神"主题征文一等奖）

◀ 没事找事

　　白雪看到房产证的那一刻，花容失色，脸上像刷了一层白灰。

　　这事还得从白雪本人说起。

　　白雪出生的那天，正好下着雪，父亲望着飘飘扬扬的雪花说姓白，就叫白雪吧，希望她像白雪般洁白无瑕。白雪如父亲所愿，长大后单纯得近乎"白痴"。

　　白雪婚后的第三年，表哥上门借钱到佛山发展事业，承诺一年后连本带利归还。白雪想也没想就答应了。老公心里责怪白雪欠思量，怕白雪生气不敢表露出来，于是笑着说没问题，只是五万元不是小数目，写张借条，请村主任做个公证吧。白雪睁圆双眼，足足看了老公一分钟，非常夸张地叫道：喂，老公，有必要吗？

　　表哥连忙打圆场，有必要有必要。白雪冲表哥翻翻白眼，嘟囔道真是吃饱了撑的，没事找事。一年后，表哥还了借款，力邀白雪夫妇到公司打工。表哥告诉他们，佛山是个十分美丽的城市，未来的经济发展非常强劲。用不了多久，他的公司会迅速发展成大公司。

到佛山后，老公想下班后跟白雪过两人世界，狠下心决定租房。几经周折，找到一所40平方米左右的住房，两室一厅，外带厨房卫生间。离公司不远，走路也就半个小时。价钱非常便宜，市场价一半多一点。可房主说家里遇到一点小麻烦，急需钱，必须签订三年的合同，租金一次性交齐才出租。白雪头点得像鸡啄米，笑说理解，理解。老公把她拉到一旁，悄声说表哥告诉过他，房主一般会要求租一年，先交两个月房租的押金，以后就是每月按时交付房租。现在房主开口就要租三年，还要一次性交齐三年的租金，这事有些蹊跷……白雪不等老公说完，漂亮的眼睛往上一翻，房主就是遇到一点小麻烦急需钱，你干嘛总把人往坏处想呢？

房主叹口气说：要不是急需钱，怎么可能租这么便宜呢。你们租还是不租？不租赶紧走吧，想租的人大把。

白雪生怕房主生气，赶紧说：租，租，我们一定租。

房主从口袋里拿出合同，说这是合同，我已经签字了，你们如果同意就签字。白雪小学毕业，合同大致能看明白，一个劲催老公快签字。

老公虽然高考名落孙山，但懂得比白雪自然还要多。他看了看合同，笑着说：三年的房租，对我们乡下人来说，也不是小数目。这样吧，公证处公证一下，我立马把合同签了，三年的房租一分不少全交清。

房主一把扯回合同，看你们就不是诚心想租房，租房子签个合同就行，谁会去公证处公证呢？算了，算了，你们走吧。

白雪急得眼泪都要出来了，气呼呼地望着老公，表哥借钱要找村主任公证，租房子竟然要去公证处公证，不是没事找事吗？我算是看走了眼，怎么嫁了这样的男人？

老公自然读懂了白雪眼中的内容，一脸无辜，亲爱的，世界真有你想的那么好，公证处就没有存在的必要，国家更不可能耗费时间耗费精力制定《中华人民共和国公证法》……

白雪看老公没有妥协的意思，柳眉倒竖，小蛮腰一扭，怒气冲冲往外走。老公暗自责备自己不该惹白雪生气，跨步上前，拉住白雪，赔着笑脸：老婆，老婆，别生气，听你的，现在就签合同。

白雪搬进房子后，乐得成天合不上嘴，时常从梦中笑醒。没想到，还没过上几天……

白雪夫妇租的房子，半个月前房主已经卖了！房主借口忙，缓几天再过户，趁这个空隙低价把房子出租给白雪夫妇。

白雪夫妇找到房主，谁料房主竟然说不认识他们，还说房子已经卖了，怎么可能再出租？白雪拿出合同，房主拿出身份证，笑着说你们睁大眼睛看清楚，跟你们签合同的人是我吗？白雪夫妇傻眼了！

白雪夫妇在表哥的帮助下，请了律师把房主告上法庭。因合同没有经过公证处公证，房主又矢口否认租房之事，眼看官司要输，幸亏律师睿智，调出小区当天的视频，揭穿了房主的谎言。

那天晚上，白雪满脸歉意：老公，对不起，都是我的错。我不该阻止你去公证处公证……

老公搂过白雪：老婆，过去的事情别想了。以后……

白雪赶紧接过话：以后需要去公证处公证的，我一定支持你。

（获 2020 年"崇法杯"公证主题全国法治小小说大赛三等奖）

◀ 一步错
....

胡尘尘刚接过钱，旁边突然闪出两位警察，他还没反应过来，一副锃亮的手铐牢牢锁住了他的手。

刹那间，他的大脑一片空白，像个木偶般任由警察牵着走向警车。

倩倩首先反应过来，箭一般冲到前面，伸出双手挡住警察，红着眼睛尖叫：你们不能抓他！

警察非常吃惊，说：小姑娘，他绑架你，你还不让我们抓他？

我求他绑架我的。

这话犹如平地一声惊雷，把在场的每个人都震蒙了。

倩倩跟尘尘是高一（8）的学生。一个月前的一天傍晚，倩倩无意间发现尘尘情绪低落，独自一人坐在操场的角落，望着天空发呆。倩倩纳闷，尘尘天天嘻嘻哈哈，一副无忧无虑的模样，少年不知愁滋味呀。今天这是怎么了？倩倩走上前，问尘尘怎么回事。尘尘开始支支吾吾，可禁不住倩倩刨根问底，终于说出实情。尘尘的母亲得了尿毒症，急需20万换肾。父亲七年前离开了母亲，母亲靠做保姆养家度日，别说20万，就是2000元也拿不出来呀。

那天晚上，尘尘愁苦的脸在倩倩的眼前晃呀晃，晃得她怎么也睡不着。学习上，尘尘没少帮助她，俩人走得很近。现在尘尘有难，于情于理她都应该帮他。找班主任帮忙？班主任家里条件一般，就算发动同学捐款，也捐不了多少钱。她思来想去，想到一个人。谁？父亲。父亲是房地产老板，区区20万对于他来说，小菜一碟。父亲把她视为掌上明珠，对她从来就是有求必应。

倩倩万万没想到，父亲说她胡闹，她撒娇，她扮可爱，她生气，办法用尽都无济于事。

倩倩噘着嘴，拿过遥控器对着电视一顿乱扫，当扫到一部电视剧播放罪犯绑架敲诈钱时，停了下来。她的心里一动，再一动，然后是莫名的兴奋。何不让尘尘绑架自己，向父亲索取20万？

第二天，倩倩找到尘尘，把自己的想法一股脑儿倒了出来。尘尘把头摇得像拨浪鼓，不行，不行，太卑鄙。无论倩倩怎么求尘尘，尘尘就是一根筋，不同意。倩倩急了，脱口而出，难道你忍心看着你妈妈去死吗？尘尘低下头，不再吭声。倩倩意识到说错话，正想道歉，尘尘突然扬起头，从牙缝里挤出一个字"好"。

倩倩说到这里，突然柳眉倒竖，指着父亲吼道：你什么人呀，答应不报警的，怎么言而无信呢？

父亲脸上红一阵白一阵，像截木头般杵在原地，一个字也说不上来。高个子警察急忙上前解围，小姑娘，你怎么能怪你爸呢？你爸报警没有错呀。错的人是你，你不该教唆胡尘尘绑架、敲诈，这是违法的呀。

倩倩伸出双手，哭道：警察叔叔，违法的人是我，抓我吧。

孩子，你是犯了教唆罪……

尘尘急忙打断警察：警察叔叔，不关倩倩的事，她没有教唆……

倩倩的爸爸此时已经缓过神来，抢过尘尘的话：警察同志，孩子们不懂事。这件事错在我，我没有了解清楚的情况下乱报警，妨碍了公务，要抓就抓我吧！

恰在此时，校长来了，班主任也来了。班主任请求警察放过两个孩子，错在他对孩子们教育不够，他愿意承担一切责任。校长也请求警察网开一面，看在孩子善良的份上，能不能宽恕这一回？

校长、班主任和尘尘爸爸的苦苦哀求下，警察终于同意给尘尘打开手铐。不过警察说，他们也没有权力超越法做主，还得按照法律程序来办事。大家觉得警察说得在理，让尘尘和倩倩去警局录口供。

经过调查，尘尘的母亲得了尿毒症属实，倩倩出于好心，教唆尘尘绑架自己的情况也属实。因绑架未遂，尘尘出于一片孝心、倩倩出于一片善心，且当事人不再追究，虽触犯了刑法，好在尘尘跟倩倩都未满18岁，可免除刑罚，由父母担保带回家加强管教，等候处理意见。

校长返校后，发动全校师生给尘尘的母亲捐款，也在网络上呼吁爱心人士捐款。尘尘的爸爸主动捐款 20 万，尘尘的母亲及时得到了救治。

第三天傍晚，尘尘坐在操场的角落望着天边的晚霞出神，倩倩从旁边跳了出来，歪着脑袋问尘尘是不是有什么心事。尘尘抬起头，说：倩倩，你那样帮我，我却害你……每次想起这事，我这心里愧疚得呀……尘尘鼻子一酸，哽咽着说不出话。

（获"蓝天杯"关爱青少年全国法治小小说创作大赛三等奖。发《嘉应文学》2020 年 11 月刊）

◀ 爱幻想的石头

　　乐至县偏远山村的石头坳，正在进行一场激烈的争论。

　　争论的是几块石头。其中一块叫尖尖的石头，上尖下圆，形状类似陀螺，表面黑亮得能照出人影，争论就是由它而起。石头们正眯着眼尽情享受着太阳浴，尖尖歪着尖脑袋，突然神经质叫道：伙计们，石头山马上要来人……

　　石头们受了惊吓，一齐朝着尖尖开火：发神经呀，成天不着边际的幻想……

　　听听，来了，来了。

　　其中的一块石头憋住笑，调侃道：尖尖，美女还是帅哥呀？

　　有美女，也有帅哥……

　　另一块石头哈哈大笑：尖尖，鸟不拉屎的荒山会来美女帅哥，幻想症又发作了？哈哈……

　　嘘！别吵，听他们在说话！

　　石头坳要是变成桑叶园，我就嫁给你。清脆的声音飘了过来。

　　石头们循着声音望去，说话的是一位女孩。穿着水红连衣裙，腰肢纤细，瓜子脸，大眼睛，皮肤白皙，鲜嫩得犹如清晨被露水浸泡过的花骨朵。旁边的男孩，中等个，皮肤黝黑赛包公，五官端正却不帅，嘴唇厚实，典型的山村憨小伙。

女孩说完，轻移莲步，似一朵红云向山下飘去。男孩像截木头般杵在原地，望着石头坳足足发了半个时辰的呆，然后三步一回头离开。

男孩和女孩犹如两挂噼里啪啦的鞭炮，爆醒了石头坳。石头们就着男孩和女孩的事，叽里呱啦聊了起来。一块石头说：女孩那么美，要是嫁给男孩，那是一朵鲜花插在牛屎上！另一块石头说：就是，就是，女孩让男孩把石头坳变成桑叶园，其实就是委婉地拒绝男孩。另一块石头立刻接过话：对呀，对呀……石头们一致认为石头坳变成桑叶园，那是痴人说梦话！男孩一定会知难而退，选择放弃女孩。

尖尖歪着脑袋，对着男孩的背影说：再过几天，男孩一定会扛着铁锹大锤来到石头坳……

尖尖呀，别幻想啦。今天纯属巧合，女孩想巧妙地拒绝男孩才会来到石头坳呢……一块石头粗暴地打断尖尖。

尖尖也不介意，抛下一句"等着瞧"，眯起眼睛晒太阳。

三天后，男孩真的扛着铁锹大锤来了。朝手心吐一口唾沫，"叮叮当当"开始敲打石头。

众石头懵了！男孩脑子真缺根筋呢，石头坳想变成桑叶园，无疑是水中捞月，痴心妄想！尖尖晃着尖脑袋，纠正道：这跟水中捞月是两码事。水中的月亮捞不上，石头坳一定能变成桑叶园。

众石头笑话尖尖妄想症又发作了，男孩绝对是一时犯傻，过不了几天，一定会逃之夭夭，绑也绑不住。

第二天，男孩没逃；第三天，男孩还是没逃；第四天，男孩的妈妈来了，爸爸来了，亲朋好友也来了。他们劝男孩别犯傻，明摆着女孩不喜欢他，故意戏弄他而已。男孩被劝急了，扑通一声跪在父亲的跟前：父亲，愚公能移山，我也一定能把石头坳变成桑叶园！我决心一定，请您支持我！妈妈抹着泪，回家拿来锅碗瓢盆；爸爸砍了树，默默地搭建简易棚子；亲朋好友像约好一般，扛来铁锹大锤，"叮叮当当"敲打石头的声音，像一首首旋律优美的歌，在石头坳里回荡。

众石头先是惊讶，再是懵圈，然后清醒过来。清醒过来的石头们把尖尖围在当中，十万个为什么一齐砸向尖尖，尖尖，我们这些石头会移到哪里去？尖尖，男孩真能将石头坳变成桑叶园吗？尖尖，桑叶拿来干什么？尖尖，女孩会嫁给男孩……

尖尖大手一挥，高声叫道：各位各位，安静安静！

喧哗声立刻停止，一双双眼睛齐刷刷投射到尖尖的身上。尖尖神采飞扬，用手作笔，"刷刷刷"在空中画出一幅蓝图：男孩用碎的石头做地基建了房子，想办法引进溪水，开始种植桑叶树，桑叶树一天天长大，一树连一树。一到春天，青葱欲滴，生机勃勃。大人们采摘桑叶养蚕，小孩们嬉戏追逐，好不诗情画意！后来男孩学了剥茧抽丝的技术，开了丝绸加工厂，带领村民发家致富……

尖尖正描得起劲，其中一块石头很不耐烦地打断他：尖尖，这些我不爱听。我只想知道，女孩到底有没有嫁给男孩？

尖尖嘴巴一翘：看，那是谁？

一团火红的连衣裙，由远而近，正朝石头坳飘过来。

（第四届帅乡乐至"青松杯"全国小小说赛优秀奖）

◀ 传家宝

钱老板一夜之间破产，债主纷纷上门讨债。为还债，钱老板变卖了别墅，成了贫民窟里的一员。

金老板也来了。钱老板很惊讶，金老板，我没欠你的钱，你上门来干什么？

钱老板，我来是想买你家里的一件宝贝。

我家哪来什么宝贝？

有，竹简《道德经》。

你听谁说我家有竹简《道德经》？

我听谁说不重要，重要的是我知道你家确实有竹简《道德经》，几百年甚至上千年的历史，非常罕见，算得上是国家的历史文物。我出20万，如何？

不卖。

30万？

100万也不卖，你走吧！

金老板走后，钱老板的老婆不高兴了，没好气地说，一本破竹简，100万都不卖，脑子是不是进水了？

父亲临终前一再嘱咐，一定要收藏好这书，总有一天主人会前来赎的。如果卖了，拿什么赎给人家？

30年都过去了，也没见人来赎，八成是不会来了。家里穷得快要揭不开锅，你不卖竹简，以后的日子怎么过呀。

明天我去找工作，不信养不活你们！

第二天，钱老板出去找工作，老婆瞒着他以30万的价钱把竹简《道德经》卖给金老板。钱老板非常生气，找金老板要求买回《道德经》，金老板竟然开价60万！钱老板咬着牙说，姓金的，算你狠！我迟早要买回《道德经》，要是少一个边角，绝不饶你！

钱老板经过努力，五年后再次成为商业界的精英。他拿着60万找金老板买《道德经》。金老板不卖，他冲金老板大吼，当年说好的，怎么能反悔呢？

金老板笑着说，钱老板，您别生气，听我讲个故事。

很多年前，有一个男孩家里非常穷，勉强读完小学，再也上不起初中。父亲不想他失学，把竹子切成长条形竹片，花钱请当地的先生把道德经抄到竹片上，用黑色的绳子把竹片连起来，做成竹简书。父亲没日没夜给竹简书包浆上色，竹简书看上去很有沧桑感，带着竹简书来到附近的旅游景点。父亲告诉他来这里旅游的人都是有钱人，运气好的话，遇上喜欢收藏古书的人，竹简《道德经》说不定能卖上好价钱。他和父亲在旧货市场找一块地，就地坐下，把标价 5000 元的竹简《道德经》放在正前方，等待买主。运气不错，一盏茶的工夫，一位操着北方口音的中年人来到跟前，一边翻阅竹简《道德经》一边打听来历。

父亲断断续续地说是家传宝，从爷爷的手上传下来的，到底传了多少代，不是很清楚。中年人不信，谁会卖祖传的传家宝呢？

父亲红了脸，身子硬邦邦地杵着，张着嘴说不出一个字。男孩扯扯父亲的衣袖，父亲这才反应过来，叹息一声，大哥，家里太穷，眼看孩子就要失学，我也是没办法呀……父亲哽咽着说不下去。男孩眼里闪着泪光，可怜巴巴看着中年人。

中年人叹息一声，也不还价，买下竹简《道德经》。他走了几步又返身回来，拿出 200 元塞到男孩的手上，孩子，你太瘦了，拿去买点好吃的。男孩愣了片刻后，小跑着追上中年人，说，叔叔，请你给我留个地址，等我有钱了，我一定赎回传家宝！中年人赞许地点点头。

父亲回家后立刻找来纸和笔，对男孩说，孩子，你把叔叔画下来，免得年月久了认不出来。你挣钱后一定要兑现承诺……

您就是那个男孩？钱老板打断金老板，迫不及待地问道。

金老板点点头，捧出一个精致的盒子，小心翼翼从里面拿出一张画像。

钱老板接过画像，画上的男子 40 岁左右，样子跟父亲有一点相似。

金老板不好意思地笑笑，不会画，画好多次才画成这样。

金老板，我真的不明白，你既然找到我的父亲，为什么不早点兑现承诺呢？父亲临终时还在念叨，当年卖竹简的孩子，现在过得还好吗？钱老板难过得说不下去。

说来惭愧，我是今年才把公司做大，正想找时间来见叔叔，没想到……金老板抬起头，使劲眨眨眼。

钱老板捧起画像，哽咽着说，父亲，当年卖竹简的孩子过得很好，成了大老板。他也没有食言……父亲，您可以安息了。

话音刚落，手中的画晃了一下，钱老板恍惚间看见父亲走下画像，一脸慈祥地看着金老板。

（获 2019 年"北国小小说征文"优秀奖）

◀ 免费送月饼

肖牧每年中秋的晚上，总会买上几盒月饼，开着车到大街上溜达，寻找那些需要坐车的人。那些有幸坐上肖牧车的客人，还能免费得到一盒月饼。

不过，肖牧不是什么人都载，专载那些行色匆匆的人。

又到了一年一度的中秋节，肖牧早早吃过晚饭，带上几盒月饼，开着车，在大街上慢慢行走，眼睛在街道两旁行人的脸上，扫来扫去。

街道边，一位 25 岁左右的年轻人引起了肖牧的注意。年轻人神色忧郁，步履匆忙，他要急着赶回家陪父母过中秋节吗？

肖牧一踩刹车，车便停在年轻人的左前方。他摇下车玻璃，非常有礼貌地跟年轻人打招呼，您好，您是不是急着赶回家？

你……你是谁？你怎么知道我要回家？

我是谁不重要。重要的是今天是中秋节，大家都赶着回家团圆呢。我看您走得很匆忙，猜想您回家跟父母团聚呢。肖牧笑着说道。

是吗？你想趁此机会，狠捞一把？年轻人毫不客气地反问道。

肖牧一怔，随即笑道，您误会了，我免费送你回家。

免费？哈哈……开玩笑也不看场合呀。

我是认真的。

哈……认真到一会儿狠宰我，对吧？想诱我上当，门都没有！

我真的是免费送你，请您相信我！肖牧一脸诚恳。

年轻人上下审视肖牧一分钟左右，感觉他确实不像骗子，犹豫片刻后，壮着胆子上了车。

请问，您家住在哪里？

城南公园。

城南公园？肖牧一脸疑惑。

家在城南公园附近呀，这有什么好奇怪的？年轻人轻描淡写道。年轻人稍停顿一下，很不耐烦问道，你到底是送还是不送？

送！送！当然送！肖牧注视前方，专心开车，不再说什么。年轻人片刻之后很不友好地又开了口，喂，你说你凭什么免费送我？

肖牧笑笑，欲言又止。

不会另有所图吧？

没有。

哈……世上没有无缘无故的爱。你不说出原因，我真不敢坐你的车了。停车，快停车！

肖牧看年轻人一脸的倔强，长长地叹了一口气，好吧，您执意想知道，我告诉您。十六年前，我跟您差不多大，中秋那天晚上，母亲不好意思拍拍自己的头，笑着说，牧儿，妈年纪大了，忘了买月饼了，你去买盒月饼吧。我家住在偏远的郊区，附近几家小店月饼已经卖完了，我只好去离家3公里左右的一家超市买。我那时很穷，没钱坐的士，只好走路去。母亲看我很久没回，不放心，于是出来接我。母亲横过马路的时候，一辆摩托车迎面驰来，母亲躲闪不及，被撞倒在地，母亲……母亲……肖牧眼中闪着泪光，哽咽着说不下去。

年轻人心生歉意，一边道歉一边安抚道，别难过了，过去的事情就让它过去吧。年轻人稍停顿一下，又开了口，我想了又想，你说的那件事，貌似跟免费送我回家，一点关系也没有。

肖牧深呼吸，凝视着远方说，我不孝呀，那几天我正好失恋，只顾着伤感，竟然把买月饼的事忘了。还有假如我富有一些，有私家车或者有能力搭的士，买了月饼就能早回家，母亲也用不着出来接我。那个中秋夜成了我心底永远的痛。我在母亲的墓前发誓，等我有钱了，立刻买车，中秋之夜准备好月饼，免费送那些行色匆匆的人回家，让他们早早跟父母团聚，欢欢喜喜度中秋。

年轻人低着头，不再言语。

到了！肖牧停好车，从后车厢拿出一盒月饼送给年轻人，却发现年轻人根本没下车。他打开车门，笑着说，到了，快回家陪母亲过中秋吧，老人家肯定正眼巴巴地盼着您呢。

我……我……我刚才恍惚间说错了地址，其实……其实我家不住在城南公园的旁边。你……你能再送我回家吗？

肖牧迟疑了一下，很爽快地答应了。

再次回到车上时，他们便成了无话不谈的好朋友。肖牧感慨子欲孝而亲不在，是世上最痛苦的事情。告诉年轻人，要好好珍惜跟父母在一起的每一个日子。过年过节，做儿女的，一定要抽时间跟父母团聚。年轻人唯唯诺诺，一个劲地说，是，是。

言谈间，已经到了年轻人的家。年轻人拿上肖牧送的月饼，道谢之后，转身离开。年轻人看着车子已经开远，经过垃圾桶时，从口袋里拿出一个小瓶子，手一扬，丢进了垃圾桶。

那是一瓶硫酸。几天前，相恋五年的女朋友突然提出了分手，年轻人很生气，本想在中秋的晚上毁了女朋友的容，以泄心头之恨。

（获 2018 年首届"新韵情。金秋月正圆"中秋主题有奖征文二等奖）

◀ 轮椅的心愿

心怡踮起脚跟，不时地把头伸向店门外，眺望着远方。

门外，风大雨也大，白花花的水落到地上，被风一吹，在地上打转。路上的行人把身子缩了又缩，躲在伞下步履匆匆。

她叹口气，像是对风又像是对雨说，这么大的雨，他怕是来不了了。

她在等一个人，这个人是她的顾客，一位残疾人。

三年前，也是这样的下雨天，顾客很少，她正专心地玩着手机，随着轮椅的吱呀声，进来一位23岁左右的残疾人。他甩甩头上的雨水，从身上摸出两元钱，说，美女，买张体育彩票。

她看着他，表情是惊讶的，真是财迷呀，竟然冒这么大雨来买彩票！他说的话，她一个字也没听见。

他用手挠挠头，腼腆地笑笑，把声音提高几个分贝，美女，买张体育彩票。

她回过神来，不好意思朝他笑笑，眼角不由得上下打量着他，浓眉大眼，面黄肌瘦，却掩饰不住英俊之气。一件褪色的红色T恤裹着清瘦的身子。目测初步推断，如果不是双腿残废，应该有1.8米高的个头。可惜了，她暗暗叹息。

那次后，她注意到他每天会买两元钱的体育彩票，雷打不动。奇怪的是，他从不关注中奖的动态。

有一次，有一组数据中了500元，无人认领，她猜想极有可能是他中了。果不出她所料，他就是获奖者。

她怎么也没想到，他竟然把中奖的500元全买了彩票。她一脸迷茫，不解地望着他。他也不解释，摇着轮椅走了。

她看着渐行渐远的轮椅，觉得他就像一座迷宫，滋生出走进去探秘的强烈冲动。之后，她只要一听见轮椅的吱呀声，身子不由自主飘向门边，把门往两边拉了又拉，小心脏蹦蹦蹦跳得欢，拿彩票的手也变得迟缓起来。她总没话找话，拖住他不让离开。刚开始，他总是一问一答，慢慢地，话也多了起来，聊起来没完没了。

他告诉她，他从小有一个梦想，长大后成为一名体育健将。没想到19岁那年，天降横祸，一场车祸夺去了他的双腿。他受不起这突如其来的打击，对人生彻底失望了，趁母亲不注意，割腕自杀。幸好抢救及时，才捡回了一条命。母亲抱着他号啕大哭，儿呀，你怎么这么傻，没有腿，当不成体育健儿，你可以支持帮你实现梦想的体育健儿呀。他捶打着那双残腿，我是一个废人，拿什么支持呀！母亲抓住他的手，儿呀，你还有一双手呀。张海迪高位截瘫，不是也一样站起来了吗？他在母亲的鼓励下，从痛苦中走了出来，历经种种磨难，终于成为一名作家。他决定用微薄的稿费买彩票，支持为国争光的体育健儿。

她收起长长的记忆，把目光再次投向门外，目光越拉越长，突然停在不远处的一个黑影上。天啦，风雨中摇摆不定的轮椅，那不是他么？

她来不及多想，拿起雨伞，冲进了雨中。

她擦着他头上的雨水，心莫名地疼了一下，又疼了一下，眼睛模糊了，责备道，下这么大的雨，怎么不带一把雨伞？淋坏了身子怎么办？

他愣了一下，脸红得像个小媳妇，半晌才吭哧着说，出门的时候还晴着呢。

下雨也该躲躲雨呀。

他嘿嘿一笑，算是回答。

她才意识到自己失言，正常人找个躲雨的地方也许并不难，可对于一个坐轮椅的人来说，确实不太容易。她望向他，不由得又联想到他的经历，他的一生不就是从风雨中走出来的么？一时百感交集，眼睛湿润了。

也许是上天垂怜他，那次风雨之中买的彩票竟然中了500万！她把这个消息告诉他时，他的目光定格在她的脸上，一动也不动。

她羞涩地一笑，伸出小手在他的眼前晃晃，他回过神来，一个劲地问，真的吗？是真的吗？

她狠狠地点点头。

他笑了，笑得满脸是泪。

她也笑，笑得梨花带泪，坚持了三年零八个月，终于中了大奖！他以后可以好好在家享清福，再也不要这么辛苦来买彩票了！

买，还得买！

她一脸惊愕，这么多钱，一辈子都用不完呢，干嘛还买呀！

他沉默片刻，抬起头，恳求道，美女，请你不要把我中奖的事情告诉任何人，好吗？

她一脸迷茫。

他红了脸，不好意思地说，我……我想，从奖金中拿出 10 万给父母养老，剩下的全部捐给残运会。

你……你买彩票，就是为了中大奖，过上好日子，干嘛把钱捐出去呢？

他挠挠头，不好意思地笑笑，我……我没想那么多，只想花两元钱买彩票支持体育健儿。

她怔住，傻傻地望着他，一时不知说什么好。

他道声别，一脸平静地摇着轮椅离开。

他来到大街上，背后突然传来她柔柔的声音，我送你回家。

他回过头，她推着轮椅，一张美丽的脸庞，在阳光下闪着金光。

（获 2018 年"绿色省运康养广远"优秀奖）

◂ 刁钻妻子

妻子突然宣布，从今天开始，再也不碰方向盘。

他一听，非常吃惊，不碰方向盘，意味着不再开车。急忙问道，为什么？

今天下班，我看见一辆货车和一辆小车相撞，小车司机死了，脸上全是血，好恐怖呀。妻子一脸惊恐，嘴唇哆嗦着，身子往沙发里缩了又缩。

他连忙拥过妻子，心疼地说，别怕，别怕，老公在呢。不想开车，以后不开就是。

他说的不是真心话，就是想稳住妻子的情绪罢了。妻子不开车，以后家人、亲戚、朋友聚餐，他怎么喝酒？为了能喝酒，他费了九牛二虎之力，才做通妻子的思想工作拿了驾照。妻子不开车，以前的心思不是白费了？怎样才能消除妻子心里的障碍，让她重新开车呢？他想破头也想不到好的办法。只好安慰自己，别急，慢慢来，总会有办法的。以后的日子里，他只要跟妻子在一起，总会想方设法把话题引到开车上，展开三寸不烂之舌游说，只要遵守交通规矩，遇车遇人礼让三分，绝对不会出问题的。妻子杏眼圆睁，语气凌厉地反问，别人不遵守交通规则，撞到我，怎么办？他噎得半天说不出话，看着妻子干瞪眼。

他一筹莫展之际，妻子却主动开了车，而且是在深夜里。那天他出差，夜里十二点左右接到妻子的电话，儿子病了，发高烧。自己不在家，妻子又不敢开车，高烧可耽搁不起呀，怎么办？他急得不知如何是好，手机里却传来妻子疲惫的声音，放心吧，我已经把儿子送到医院，正在打点滴呢。他非常惊讶，你开车把儿子送到医院的？妻子稍愣片刻，然后轻描淡写地说，嗯，原本不敢开，一想儿子发烧，什么也不怕了。妻子开车了，妻子终于又开车了！他开心得差点跳起来。

出差回家的第二天，弟弟请客，他伸手端酒杯，妻子按住他的手，笑着说，老公，回家你要开车，不能喝酒。他愣了片刻，随即也笑，老婆，你开车，我陪弟弟喝两杯。我不敢开车……他不等妻子说完，反问道，上次儿子去医院，你不是敢开车了吗？儿子病了，不敢开，壮起胆也得开！他无言以对。

他唯一的爱好就是喝喝小酒，妻子不开车，每次聚餐，只能坐在酒桌上咽着唾沫，看着美酒干瞪眼。妻子倒也体贴，隔三岔五多炒一两个菜，让他喝一杯解解馋。对于酒量大的他，哪是解馋呀，简直就是活受罪。他多么渴望，有朝一日，能开怀畅饮，不醉不休。

机会终于来了。一次朋友聚餐，妻子要在家照顾生病的母亲，他的心里乐开了花。临行前，妻子一再嘱咐不能喝酒，表面上他唯唯诺诺，心里却在划算找代驾的事。那天，他醉得人事不省。妻子一气之下把他轰到书房，指着他的鼻子吼，如果再有下次，离婚！

他爱妻子，以后就算单独出席酒宴，再也不敢碰杯。看着别人喝得一脸陶醉，心里十分难受，连上吊的心都有了。他多么希望妻子有一天，突然在意他的感受，主动承担开车的重任，让他像以前一样开怀畅饮。然而现实真的很残酷，慢慢地他死了心。

万万没有想到，他死心了，妻子却再次主动开车，跑的还是长途，他彻底懵了！那天，妻子跟同城的几个同学一起去参加同学聚会，刚好是国庆，买不到票，妻子自告奋勇开车，那可是500多公里的长途呀。

他真的很生气，长途都能开，还叫不敢开车吗？妻子白他一眼，同学聚会不能不去，买不到票，只能壮胆开车呀。他更来火，你知道我就那么一点爱好，你为什么不能为我壮起胆开车呢？妻子一时语塞。他步步紧逼，你为什么要骗我，为什么跟我作对呢？

妻子冲进卧室，把一张纸条"砰"的一声拍在桌上，路小枫，你还打算瞒我到什么时候？！

半年前，他恶心、呕吐，腹部胀，到医院一检查，肝病！他怕妻子知道后，不再让他碰酒，特意隐瞒下来。

他愣了片刻后，干咳一声，笑着说，不就是肝病吗？没什么大不了……

肝病忌酒。酒精对肝脏有损害作用，会加重病情，医生没告诉你吗？路小枫，你可以糟蹋自己的身体，可我不想失去老公，孩子不能没有爸爸呀！妻子已泣不成声。

（获2019年小榄镇"防风险、除隐患、遏事故"主题征文三等奖）

◀ 猜　谜
....

元宵节观灯回来没几天，<u>丝丝</u>就病了。这可急坏了霍员外。

<u>丝丝</u>是霍家唯一的千金。霍员外娶了三房太太，四十有二，好不容易才喜得千金，取名珍珠，小名为<u>丝丝</u>。

说起小名，还有一段来历。抓周的那天，霍员外在桌上放了八样物体：笔、墨、纸、砚、钱币、书籍、胭脂和食品。<u>丝丝</u>都不抓，却抓着夫人的丝绸手帕，咯咯地笑。霍员外大喜，<u>丝绸</u>大富大贵，预示长大后非富即贵，遂取小名为<u>丝丝</u>。

<u>丝丝</u>懂事起，对<u>丝绸</u>近乎痴迷，穿的、用的，都是上等的<u>丝</u>绸，每天总喜欢捧着丝质面料左看右看，常常一看就是几个小时。问她看啥？她笑而不答。霍员外笑说<u>丝丝</u>是金蚕仙子投胎。

<u>丝丝</u>渐渐长大，出落得如同花般娇艳，官宦、豪门公子趋之若鹜，希望能结秦晋之好。霍员外心想元宵节过后，择日给<u>丝丝</u>选如意郎君，没承想，<u>丝丝</u>却病了。

霍员外访遍天下名医，名医们都说<u>丝丝</u>得的是心病。

霍员外不信，吃了多剂中药后，病情不见好转，反而越来越重。霍员外这才慌了，急忙唤来小姐的贴身丫环，询问小姐元宵节观灯的相关事情。丫环支支吾吾，员外一拍桌子，大声呵斥道，大胆丫头，快快如实说来！不然家法侍候。

丫鬟吓得花容失色，一个劲叩头，嘴里喊着，老爷，我说，我说。

小姐观花灯最喜欢猜灯谜。那天，小姐一连猜中好多谜语，正猜得开心，被一个谜语难住了。聪明伶俐白姑娘，自己动手盖闺房，闺房造得真灵巧，可惜没门又没窗。小姐蹙起眉头，反复念了好几遍，突然眉眼舒展，蚕…蚕！几乎在同时，一位公子高声说道。小姐看到公子……

丫鬟停下来，怯怯地望着员外。

说！

丫鬟回忆起两个月前发生的事。

两个月前，丫鬟陪同小姐去寺庙烧香，走到半路时，小姐掀开轿帘观看路边风景，刚好看见大片葱翠欲滴的树林中，一位公子正专注地采着树叶。小姐急忙吩咐停轿，叫丫鬟前去打听公子为何采摘树叶。公子解释说那是桑叶，采回家养蚕。丫鬟不懂，公子指着不远处的小姐说，你家小姐身上穿的丝绸就是蚕宝宝产出来的丝，经过系列加工而成。丫鬟很惊讶，隔着这么远，公子是如何知道我家小姐穿的是丝绸？公子告诉丫环，他从小痴爱养蚕，长大后到外地学会缫丝、织造、染整，对丝绸颇有研究，一里路之外他能闻出丝绸的味道，辨别丝绸的质地。他种植大片桑树，立志养好蚕，生产出最优质的丝绸。小姐听说后，连称公子是奇人……

小姐跟公子说话了？霍员外厉声问道。

没有，没有。小姐只是多看了公子几眼。回家后，小姐时不时会说起公子……

霍员外把自己关进里屋，一天一夜后顶着满头白发，阴沉着脸走了出来。他吩咐管家张贴布告：谁能医好小姐，许配小姐与他为妻。

布告一贴出，霍府门前挤得水泄不通，可谁也医不好小姐。第二天，一位公子提着一篮子桑叶走进霍府。公子把脉后，开了几剂药方，嘱咐用桑叶做药引，几天后必然药到病除。果如公子所言，一剂药下肚，小姐竟能下地，几剂药后，小姐健康如初。霍员外细看药方，再细瞧公子，心里已明白八九分。

公子提出婚娶之事，霍员外似笑非笑，说，小姐金枝玉叶，穿的都是上等丝绸，你一个穷种桑叶树的，养得起吗？

公子低下头，不吭声。

你既已医好了小姐，我也不悔婚，两年后你若能养得起小姐，再来迎娶吧。

公子回家后，躺在床上不言不语。仅靠桑叶自然养活不了小姐，要是开一家蚕丝加工作坊，不出两年，养活小姐肯定不在话下。可银两呢？公子一筹莫展。就在此时，外地一位老爷找上门，愿出资帮公子办蚕丝加工作坊。公子很惊讶，非亲非故的……老爷笑说他喜欢丝绸，想助公子一臂之力，制造出优质的丝绸，造福一方百姓。

公子带动地方种植桑叶树，大量养殖蚕，蚕丝作坊越做越大，百姓都过上了富裕日子。两年后，公子在百姓的簇拥下，抬着用上等丝绸特制的八抬大轿，吹吹打打走向霍府。

霍府内，张灯结彩，喜气洋洋。小姐身着红袍，拽住父亲的手，巧笑嫣然，父亲，你嫌公子穷，为什么还要暗中帮他？

霍员外疼爱地拍拍小姐的手，眼睛里盈满了笑意。

（获 2021 年第五届"青松杯"全国小小说征文优秀奖。发《小小说月刊》2021 年 11 月上半月刊）

◀ 秤

甄毅走进家门，还没落座，堂嫂跟了进来。

毅弟，救救你堂哥吧。堂嫂泣不成声，眼泪吧嗒吧嗒往下掉。

一个星期前，袁大头找堂哥买苹果，堂哥少了大头的秤。大头找堂哥理论，那些买水果的人一听堂哥少秤，一窝蜂全跑了。堂哥气得脸都绿了，冲大头凶道，滚！再不滚老子收拾你！大头也不是省油的灯，反问道，干嘛？想打人？老子就是要打你，怎么着？堂哥顺手抓起身边的秤砣，对着大头砸过去。大头闷声倒地，再也没有醒来。

嫂子，你别哭。我问你，大头到底是不是堂哥打死的？

你也知道堂哥老实，做生意从不缺斤短两，怎么可能少大头的秤？更不可能用秤砣砸大头。大头肯定得了重病，知道自己活不长，欺负堂哥老实，故意陷害他。

他紧握拳头，指甲深深地掐进肉里，放心，嫂子，我一定替堂哥讨回公道。

法医的解剖结果表明，大头根本没病，是秤砣碰巧砸在太阳穴上致死。大头的家人一气之下把堂哥告上法庭，要求偿命，外加巨额赔偿。

他是法院院长，要是暗中周旋，法院也许会给他几分薄面，判堂哥过失伤害罪，处以三年以上十年以下的有期徒刑，至少生命无忧。可大头呢？一个鲜活的生命就这么没了，冤屈却无处伸张，天理何在？

他沉默了。堂嫂见他不说话，有些绝望，咚地坐到地上，拍着大腿，一把眼泪一把鼻涕哭开了，公公呀，你死得糊涂呀，搭上性命……

说起堂伯，他的心里像有千万把刀子在割。8岁那年，一次山洪暴发，他悄悄跑到河边去捞鱼。谁料脚下一溜，掉进汹涌的洪水之中。堂伯为救他被洪水卷走了，留下才10岁的堂哥。父亲把堂哥接到家里，对堂哥说，以后这就是你的家，你跟毅儿都是我的亲生儿子。

他犹豫了，要是真的不管堂哥，村民背后戳他的脊梁骨，骂他薄情寡义不说，怎么对得起九泉下的堂伯？

他终于妥协，嫂子，你先回家，我想想办法吧。

那天晚上，他失眠了。眼前一会儿是堂伯不顾一切救他的画面，一会又儿是堂嫂呼天抢地的哭骂声。他头痛欲裂，辗转难眠。他就那么痛苦着，煎熬着，折腾着。折腾到凌晨三点，也没折腾出好办法。他好不容易合上眼，父亲穿着黑色长衫飘落床前，手里拿着一杆秤，敲着他的脑袋说，毅儿，还记得我送你秤时说的那些话吗？好好用好这杆秤，否则老子饶不了你！他受了惊吓，醒了过来。他想着父亲的话，那颗飘忽不定的心，渐渐安定下来。

第二天一早，他正准备去找堂嫂，堂嫂红着眼，吊着两个大眼袋风一般卷了进来。见面就急切地问，毅弟，想到办法了吗？

他从里屋捧出一个长方形的木匣子，小心翼翼地打开，是一杆秤。堂嫂看见秤时，吃惊地问，毅弟，堂哥的秤怎么到了你的手上？

这不是堂哥的秤，是我的。

这杆秤是父亲送他的。父亲年轻时是大队支书，为人正直，处事公平，从不徇私枉法。他从小顽劣，不懂事，仗着自己是支书的儿子，无故殴打老实憨厚的小山。父亲知道后，狠揍了他一顿，带着他亲自上门道歉，主动赔偿医疗费。全大队的人特别敬重父亲，说父亲像一杆秤一样只认公理，从不徇私枉法，送了父亲"一杆秤"的绰号。父亲临终前，特意订了两杆秤，一杆给了他，另一杆给了堂哥，嘱咐他们一定要堂堂正正做人，像杆秤一样正直为人。后来他考上大学，谨记父亲的教诲，经过努力，终于功成名就，当上法院院长。堂哥没考上大学，摆了水果摊，用父亲送的秤做小买卖。

堂嫂一听，脸上像蒙了霜。说来说去，你还是不想救堂哥。不想救直说呀，犯得着绕这么大的圈吗？

嫂子，哥哥没记住父亲的话，没用好手里的秤，才落到今天这地步。我要是再违背父亲的话，用不好手上的秤……

别绕来绕去！你说到底救不救堂哥？

他看着怒气冲冲的堂嫂，叹了口气。眼光落到那杆秤上时，双眼充满了坚毅。父亲，你放心吧，儿子一定会用好这杆秤！

（获 2019 年"弘法杯"法治小小说征文优秀奖，发《嘉应文学》2020 年 12 月刊）

◀ 珍藏品

　　旅游大巴在一家翡翠店刚停下，服务员把大家带进别致的小房间，等候多时的翡翠老师热情地给大家讲解有关翡翠的知识。

　　甄馨暗笑，套路来了，明为讲课，实为洗脑，所谓的老师个个都是推销员，左耳进右耳出吧。

　　老师是一位二十二三的小姑娘。她用手摸摸头发，脸色微红，张了几次嘴才结巴着开了口："叔叔阿姨好！我是第一次讲课，讲得不好，你们不会赶我出去吧？"

　　甄馨心头一震，咦，怎么跟以往的老师不同？小姑娘貌若天仙，淡绿色的连衣裙把苗条的身材装扮得婀娜多姿，长发披肩，大眼睛犹如一汪清泉，清澈，透明，几丝羞怯若隐若现。

　　大家一怔，随后一阵哄笑，齐声道："不会，不会。"

　　小姑娘从小在国外长大，普通话有些生硬。她说她虽出生在国外，但爸爸常教育她，无论走到哪里，都要记住自己是中国人。她还说，她家是翡翠世家，对翡翠甚是了解。她说翡翠没有真假之分，只有 A 货、B 货、C 货。她教大家如何辨认，一是敲打，声音清脆悦耳的是 A 货；二是滴水甄别法，在翡翠的背面，用竹签滴一滴水，水像落在荷叶上一样圆润不散，是 A 货；三是沸水甄别法，把翡翠放进沸水里煮，水不变浑浊，是 A 货等。她还说有些商家黑得很，以次充好，建议大家旅游尽量不要购买，以免上当。想买去加工厂，不会上当还省钱。

甄馨听得认真，觉得小姑娘像一块没有打磨过的翡翠，晶莹剔透，好感油然而生。她带头鼓掌，一时间掌声雷动，经久不息。

小姑娘小脸红得像熟透的樱桃，抓抓头发，弱弱地问："叔叔阿姨，我是不是讲得不好？"

甄馨便有了一丝心疼，大声说："讲得好，我们很喜欢听。"

小姑娘连声道谢。她拿出手机看了看，笑着说："我知道的也就是这些。悄悄地告诉你们一个秘密，我是老板的女儿。今天爸爸让我来锻炼一下，时间是 90 分钟。现在才过 30 分钟，叔叔阿姨给我个面子，跟着我去货柜看看，不需要购物，陪我走走过场。好吗？"

"好！好！"大家齐声说。

甄馨紧跟小姑娘，竖起耳朵，生怕漏掉一个字。小姑娘从货柜拿出一串珍珠，说："我教你们识别珍珠：用两颗珍珠相互摩擦，可以摩擦出粉，是真货。"说完她俏皮地一笑："服务员肯定不同意摩擦。你趁服务员不注意，悄悄转身，快速摩擦。"

"哈哈……"大家哄笑。

甄馨看小姑娘的眼神更热烈，多么清纯的女孩呀，心里装的不是利益，还是处处为他人着想。

小姑娘话音刚落，柜台的服务员拿出墨玉，说："今天店里搞活动，八折优惠……"

小姑娘皱皱眉，没好气地说："他们是我的朋友，不推销产品。"停顿片刻，继续说："你们只要把我的朋友招待好，我做主，明天带薪给你们放一天假。"

大家又鼓起掌。

小姑娘看了看时间，一脸歉意地说："时间还没到。这样吧，大家随便看。如果，我是说如果，大家有喜欢的，我不赚一分钱，成本价给大家。"小姑娘吩咐服务员把门关上，特别申明只针对她的朋友。

甄馨指着标价7500元十二生肖的墨玉说："这款挺漂亮的。"

小姑娘纤手一挥："喜欢的话，2000元给你。"

大家蜂拥而上，眨眼间，十二生肖墨玉抢空。甄馨想着机会难得，再给宝贝孙子挑些礼物。

小姑娘走近甄馨，悄声说："阿姨，出来跟你说说悄悄话。"

甄馨受宠若惊，跟小姑娘来到一间小房间。小姑娘拿出一款标价48万的龙凤翡翠吊坠说："阿姨，我跟你有眼缘，很想送你一件礼物，可爸爸说要收加工费。这套龙凤翡翠吊坠加工费大约4万，图个吉利，39999元给你，如何？"

甄馨的心怦怦乱跳，我的天啦，那可是48万！小姑娘疯了吗？

小姑娘见她不吭声，声音有些嘶哑："我从小没有妈妈，看见你好像看到了妈妈。阿姨，以后我可以去看你吗？"

"可以呀。"

甄馨接过龙凤翡翠吊坠，放进坤包，按了又按。

回到车上，大家对小姑娘赞赏有加。其中一个游客突然说："你们说小姑娘会不会装萌卖傻，骗取大家的信任？"

甄馨脱口而出："小姑娘那么清纯，怎么可能呢？"

那个游客把经过分析了一遍，说出几个疑点，大家都沉默了，有些靠在椅背上闭目养神，有些低头沉思。

甄馨回家后，把自己关进房间，拿出龙凤翡翠吊坠上网搜索，大吃了一惊。她呆坐良久，把那对龙凤翡翠吊坠压入箱底，自言自语道："不可能跟网上的一样，肯定是珍藏品。等小姑娘来看我的时候，我再拿出来，告诉家人它有多么珍贵。"

（获 2024 年第三届"邹记福杯"优秀奖）

第二辑

与明星合影

◀ 奇怪的咳嗽声

诗梦怎么也没想到，一阵咳嗽声惊扰了她的好梦。

婆婆来的第二天，正好是周六，早上七点左右，她搂着老公正做着美梦，突然一阵咳嗽声破门而入，先是轻咳一声，然后一声比一声高。

老公推推她，老婆，醒醒，快醒醒。妈感冒了，咳得厉害！

老公披衣来到客厅，妈，您感冒了？

婆婆一怔，随即笑道，没有呀。

妈，刚才你咳……

昕儿，我没咳嗽呀。

她一脸迷茫，吃惊地看着婆婆。

婆婆倒好，满面春风，东家长西家短聊开了，一口气说了一个半小时，其间口不渴，气不喘，这哪像咳嗽的人？

她暗想，也许真是老公听错了。

她怎么也没料到，周日七点左右，咳嗽声再次破门而入。老公翻身起床，急问婆婆是不是感冒了？婆婆笑着说没感冒，更没咳嗽。

真是奇了怪了，听得清清楚楚，怎么可能错呢？

婆婆一脸灿烂，又打开了话匣子，这次更绝，竟然一口气说了两个小时！

难道真是老公听错了？抑或隔壁传来的咳嗽声？她想问，可又不想扫婆婆的兴，只好把满腹疑惑嚼碎，和着口水吞进肚里。

她的单位离家较远，早上必须赶在七点前出门，才不会迟到。周一早上，七点刚过老公催她走，她借口肚子不舒服，故意拖延几分钟，蹲在卫生间，竖起耳朵细听，奇怪的是，没有听见咳嗽声。周二至周五，她也没有听见咳嗽声。难道真的是听错了？

又到周六，她多了一个心眼，把闹钟定在六点五十，调成震动放在枕头边。七点刚过，咳嗽声，咳嗽声再次响起，先是轻咳一声，然后一声比一声高。这回，她听得真真切切，咳嗽声就是来自卧室外。

老公匆忙起床，问婆婆是不是感冒了，婆婆仍然说没有。

她心里很不爽，秀眉皱得像一座小山，没好气地接过婆婆的话，妈，你没感冒咳什么嗽呀！

婆婆愣了片刻，讪笑着说，诗梦，我没咳嗽呀。

你没咳嗽？家里就我们三个人，你、我，还有你儿子，我跟你儿子绝对没咳嗽，你说，除了你还有谁？

诗梦，你怎么跟妈说话！

我说错了吗？明明是妈在咳嗽……

婆婆一听，委屈得像个受了气的孩子，泪水哗哗地往下流。

老公急红了脸，粗着脖子冲着她吼，闭嘴，再不闭嘴，我……我……

你想干嘛？

我就揍你！

她把脸凑近老公，嘴角上扬，揍呀，你揍呀！

话音刚落，"啪"的一声，一记耳光重重地落在她的脸上。

她懵了！捂着火辣辣的脸，狠狠瞪一眼老公，嘴巴一扁，返身冲进卧室，"砰"的一声关上门，扑到床上大哭起来。直哭得天昏地暗，日月无光，最后沉沉睡去。

她睁开眼时，老公一脸愧疚坐在床边，见她醒来，关切地问道，老婆，饿了吧？

她不理他，把脸扭向一边。

老婆，都是我的错，你骂我也好，打我也行，千万别生气，气坏了身子我心痛……

心痛？哈哈……她冷笑一声，眼泪又止不住哗哗往下流。

老公帮她擦去眼角的泪，搂过她，她想挣脱，可他搂得太紧，挣扎了几下她就不动了。老婆，你听我说，我当然知道是妈在咳嗽。平时我们上班，妈一个人在家里，一肚子的话只能憋着。好不容易盼到周末，自然很想跟我们说说话。估计妈是等急了，等急了就上火，一上火就咳嗽。这毕竟不是一件光彩的事情，妈哪好意思承认，你又何必说穿呢？

我也没说错呀，你犯得着打我吗？

你让妈难堪，我不帮妈出口气，妈的脸往哪里搁呀。老婆呀，打在你的脸上，痛在我的心里呀！老公眨眨眼，深吸一口气，继续说，老婆，你知道吗？你气跑后，妈一个劲怨自己老糊涂了，没脸待在我们家了。看着妈那么难受，我的心都要碎了。一切都是我的错，我对不起妈，也对不起你呀。老婆，你要是心里还有气，打我几个耳光解解气吧！说着说着，老公的喉咙硬了，突然抓起她的手，狠狠抽打自己的脸。

她愣了片刻，哭着喊道，别打了，别打了。我原谅你还不行吗？

只是她的大脑怎么也转不过弯，婆婆想跟儿子说话，可以直接叫醒呀，干嘛绕着圈子咳嗽呢？

许多年后，她成了婆婆。儿子怕她一个人孤单，硬是坚持把她接过去一起住。她怎么也没想到，周末早上七点左右，不由自主走到儿子的卧室前，望望紧闭的门，嗓子突然发痒，"咳咳"一声紧似一声咳了起来。

（全文 1561 字）发《荷风》2018 年 2 期夏季号和 2018 年 8 月《小小说家》总第 17 期。发金雀坊第 812 期，入选 2018 年中国年度作品·小小说）

◄ 与明星合影

卫帼走进杜莎蜡像馆，犹如刘姥姥走进了大观园，只恨爸妈少给他生了一双眼。

蜡像馆里明星荟萃，神态各异，一个个活灵活现，仿佛时刻准备着伸出双手跟众游客拥抱。他的眼睛像雷达般在众明星的脸上扫描，寻找偶像郭富城。

他握着郭富城的手合影的那一刻，亦喜亦悲，泪滚滚而下。

他来自偏僻山村，祖祖辈辈靠山吃山，守山恋山，从未走出过山村。香港回归祖国那年，他刚好五岁，稚声稚气跟爸爸说，他长大后要去香港定居，还要跟明星郭富城合影。十年寒窗苦读，他如愿考上了大学。然理想很丰满，现实很骨感，应聘屡屡受挫，生活捉襟见肘，他对生活失去了信心。

他走出蜡像馆，来到海拔 373 公尺的太平山顶上，目光像乘坐飞机横越维多利亚港的上空，超过 300 万居民的香港市区—维港两岸的九龙半岛、香港岛北岸，一一呈现在眼前，一幢幢摩天大楼笔直地耸立着，似乎垂手可触，真是太壮观了！要是能实现儿时的梦想，定居在这里，那该多美好呀！可现在口袋里连餐饭钱都没有。

他正伤神间，耳边突然传来生涩的国语："您好，您能帮帮我吗？"

向他求援的是一位年约七旬的老奶奶，看见老奶奶，他就想起了虾腰弓背的奶奶，拒绝的话再也说不出口，换上一副笑颜，问，老奶奶，我怎样才能帮到您？

我迷路了，找不到回家的路。

迷路？你一个人来的？

嗯。儿女们都忙，他们回家不见我，肯定会很着急，怎么办？怎么办？老奶奶一脸沮丧，只差没掉眼泪了。

他忙安慰老奶奶，老奶奶，别急，你带手机了吗？

忘了。

那你记得儿子的电话吗？

老奶奶摇摇头。

那你记得家在哪里吗？

老奶奶先摇头然后点头，指着山下的一幢房子，在哪。

他站着不动，下山必须坐缆车，哪来钱买票？

老奶奶赶紧拿出钱买票，他不再说什么。一路上，老奶奶操着生硬的国话问这问那，他怕言多必失，岔开话题，问，老奶奶，你怎么会说国语？

老奶奶笑着说，我从小喜欢大陆的传统文化，对大陆的汉字渊源有着浓厚的兴趣，于是缠着父亲送我到大陆求学……

哦！怪不得奶奶的国话说得这么好。

他不再吭声，老奶奶主动聊起了年轻时候的事情，大学毕业后，父亲在生意上栽了跟头，一夜间一无所有，一家人连温饱都成了问题。父亲绝望了，一蹶不振。她一个弱女子，挑起了家庭的重担，贩卖蔬菜，摆水果摊，什么样的脏活累活她都做过，等到有了一些积蓄后，进入饮食行业开餐馆，生意做得很好，目前已经拥有好几家连锁店。

言谈间，他们来到了老奶奶指定的房子前，谁料老奶奶偏着脑袋左看看右瞧瞧，然后红着脸说，记错了，不是这里，真的不好意思。

他大度地笑笑，忙安慰老奶奶，没事，你好好想想，会在哪呢？

老奶奶歪着头想了想，突然一拍脑袋，红着脸说，哦，想起来了，我家就在太平山上。

他非常惊讶，老奶奶的家就在太平山顶的旁边，怎会迷路？老奶奶的孙女听说奶奶迷路，瞪圆眼睛尖叫，奶奶，你有没有搞错，这条路你天天走，还会迷路？

老奶奶笑着说，乖孙女，奶奶老了，不中用了哟。

他要走，老奶奶见留不住他，请他稍等片刻，然后走进里屋去了。大约一个小时后，老奶奶笑吟吟拿着一个包裹走了出来，说，孩子，这是一些点心，你带着路上吃吧。

他也不推辞，接过包裹道声谢离开。打开包裹时，他愣住了，包裹里除了点心外，还有一封信和一把钞票。信是这样写的：孩子，其实我没有迷路，无意间捡到了你的绝命书，急得出了一身汗，于是佯装迷路接近你，为了多一些时间跟你交流，我又故意说错家的地址，你不会怪我吧？人生不如意事十之八九，一点点小挫折算得了什么？孩子，别犯傻，快回家吧……

他的双眼模糊了，转身朝老奶奶家飞跑。

老奶奶见到他时，非常吃惊，孩子，你怎么回来了？

他含着泪说，奶奶，我想跟你合个影。

（发 2017 年 11 月 12 日《中山日报》）

◀ 驯 猴

结婚不久，我随老公到学校以两毛钱一斤的价钱，承包了食堂学生剩饭。卖饭所得的钱跟学校四六开。

没想到无意间得罪了一个人，谁？方小琪——后勤主任的老婆。

小琪仗势欺人，承包前放出话，她要用最低的价格承包食堂扫饭，谁也不允许跟她争夺。

我懵懵懂懂坏了小琪的好事，怎不让她恨得咬牙切齿？

我做梦也没想到，小琪承包喂猪，跟我成了生意搭档。

我害怕又担忧，埋怨自己太过冒失。可事到如今，只好硬着头皮上。

第一次扫好饭之后，我忐忑不安地站在那等待小琪来买饭，猜想着她会如何对待我。

正沉思间，铁桶相撞的砰砰啪啪声突然尖锐地响起，打断了我的思路。我惊慌失措地抬起眼，小琪肩挑一担水桶，晃悠悠从远处荡过来。

我大脑的细胞像网中的鱼，在招呼与不招呼间乱窜。

"思思，饭扫好啦。"

我一怔，是小琪在问我？我瞪着铜铃大的眼睛，一动不动地盯着她。

天啦，小琪今天怎么啦？

我还没反应过来，小琪一脸灿烂又开了口："思思，以前是我不对，你千万别往心里去……"

小琪认错？太不可思议了！我感觉这些话从她的嘴里蹦出来，像歌星的歌声那般美妙动听。

我仓促间讪笑着说："不会，不会。"

心里却在暗自思忖，宁信世上有鬼，也不会相信你小琪的破嘴呢。

可一段时间后，我发现我错了，大错特错！小琪真心实意地待我，根本不像传言中的那么可恶。

我暗责自己门缝里瞧人把人看扁了。为了弥补过错，我从心里接纳小琪，真诚友好地跟她相处。

一次，小琪一脸神秘地对我说："思思，想不想赚钱？"

我笑了："想呀，做梦都想。"

"真的？"

"当然。有钱不赚，傻呀。"

"不过……"小琪故意停了下来。

"干嘛吊人的胃口，说嘛。"

小琪笑笑，把头摇得像拨浪鼓，"算了，算了。"

我被她的话挠得心急火燎："快告诉我嘛。"

小琪左看看，右瞧瞧，前望望，后扫扫，确信四周没人，凑近我的耳朵，声音轻若蚊蝇："我们暗中进行交易，那么……"说完一脸得意地望着我。

我吓了一跳，态度很坚决："不行，绝对不行。"

"我就猜到你会这样，我不说，你偏让我说……"

我被小琪说得很不好意思，讪笑着说："学校一旦知道，以后……"

小琪撇嘴一笑："你不说我不说，谁会知道？"

那一夜，我怎么也睡不着，小琪的话在我的大脑怎么也挥之不去。是呀，如果避开学校的提成，收入就会大大增加，现卖现拿钱，多好。我不由心动。可转念一想，不行，学校一旦知道，糗就出大了，不但自己没脸见人，把老公的脸也丢尽了。可小琪说得也没错呀，她不说我不说，谁会知道？我把床折腾到天亮，没折腾出结果。

第二天起床之后，我神思恍惚，双脚似踩在棉花上。

小琪来买饭时，拿着一把花花绿绿的钱，有意无意地在我眼前晃，晃得我眼花缭乱。她笑着说："我们当场结清，神不知鬼不觉的。"

我看着伸手可及的钞票，心左右摇晃。我跟老公刚结婚，家里经济十分拮据。又加上婆婆常年生病，唉……

小琪看我沉吟不语，微笑着拿出1元4角放到我手上："一会儿记账时少写十斤。你拿回你该得的八角，加上我们平分学校所得的一元两角，谁也不亏。"说完飘然离去。

我想喊住小琪，可嘴张了又张就是发不出一丁点声音。当她的背影完全消失在我的视野中，我才想起手里的钱，瞧瞧四周没人，慌忙塞进口袋，飞也似的逃离食堂。

那次之后，我把小琪当成了亲姐，跟她恨不得穿同一条裤子。刚开始收钱时，我总会四处看看，确信连一只蚊子都没有时才敢收。她常取笑我太过谨慎。慢慢地我也觉得自己有点可笑，胆子越来越大，从每天的 10 斤涨到 20 斤，最后加到 50 斤。我摸着口袋里沙沙作响的钞票，心里乐开了花。

可是有一天，我刚接过小琪递来的钱，保卫科长突然出现在面前，厉声喝道："戚思思，你胆子不小呀，竟然背着学校私下交易！"

我懵了！嗫嚅着说："我……我……"

"证据确凿，你还有什么话可说？"

"我没有。小棋还钱给我而已。不信，你问她。"我突然理直气壮地说。

正当我为自己的思维敏捷扬扬得意的时候，一盆冷水从天而降，把我浇了个透心凉。

"陈科长，求你放过我们吧！思思家里困难，婆婆还住在医院里呢。我是出于同情才……"

我想反驳小琪，可嘴巴一个劲地哆嗦，一个字也说不出来。

我不知道自己如何回到家的。推开门的刹那，阵阵哄笑声直掼耳膜。电视里一位老者正在驯猴，手里拿着一挂黄灿灿的香蕉上下晃，那只猴子随着香蕉上蹿下跳。

我盯着那只猴子，双眼迷离，发现它的脸、嘴、鼻子长得极像一个人，像谁呢？我努力地在大脑里搜索，天啦，那只猴子怎么越看越像自己！

（发 2020 年《小说月刊》第 4 期）

◀ 鹅　事

母亲叫我去接外婆来家里吃饭。

外婆家跟我家是上下院子，站在院子的路口，扯着嗓子叫，外婆就能听见。

我唱着"小呀么小儿郎，背着书包上课堂……"蹦蹦跳跳朝外婆家走去。路边池塘里的一群鹅正嘎嘎嘎地叫着，扑闪着的翅膀，溅起了的水花，在阳光的照耀下，像细碎的银子一样闪闪发光。

我正看得入神，突然一只鹅张开翅膀，猛拍两下，身子腾空而起，直向我飞奔而来。

我还没弄明白是怎么回事，那只鹅已死死地揪住我的大腿。

我痛得哇哇大哭起来，一边哭一边用手去扯鹅，却怎么也扯不动。我哭着大叫："外婆，外婆……"

外婆闻声急忙跑了出来，抓住那只鹅使劲往地上一摔，尖声叫道："这是谁家的鹅？这是谁家的鹅？"

姚二婶慌慌张张从屋里跑出来，喘息着说："大娘，是我家的鹅。怎么了？"

"天杀的鹅！"外婆一边骂一边撩起我的裤腿给二婶看，"你看看，你看看，你家鹅干的好事！"

"这……这……这该死的鹅！"

"你说怎么办吧！"

"我……我带玉儿去上药……"姚二婶轻声说道。

"药肯定要上。这只挨千刀的鹅……"外婆欲言而止。

姚二婶似乎明白了外婆的言下之意，转身从柴堆里拿出一根棍子，一边骂着"该死的畜生"，一边追着鹅打，鹅晃着笨拙的身子左右躲闪。

外婆斜眼看着二婶，不阴不阳地说："他二婶，你想打几下就了事？"

"这……"

"流了那么多血，吃一只鹅都补不回来呢。"

"这……"

"你说怎么办吧。"外婆咬着牙说。

二婶把牙一咬："杀鹅，杀鹅！"

二婶一边骂着"该死的鹅"，一边追赶着那只鹅。那只鹅好像预感到什么，摇晃着身子奔向池塘。外婆见状，一个箭步挡住，身子朝前一扑，便抓住了它。

二婶用左手掐住鹅的头，右手一下又一下狠拔着鹅脖子上的毛，边拔边骂着："该死的鹅，谁叫你不长眼呢。"

我忘了疼痛，双眼贪婪地盯着鹅，喉咙咕噜咕噜地响着，口水一波又一波往外涌。突然，我发现鹅脖子上有一块青紫色，从青紫色血痕的大小和形状来看，应该是弹弓弹伤的。我的心咯噔一下，我是女孩，顽皮程度却一点不逊色于男孩。七岁那年，村子里的男孩流行弹弹弓。男孩们每天拿着弹弓，像个威武的战士，天上飞的，地上走的，树上爬的，水里游的，一旦进入他们的视线，他们便神气地拿起弹弓，拉圆弓线，嗖的一声，石头子弹呼啸着飞向那些猎物，吓得猎物四处逃窜。

　　我很羡慕，缠着父亲也给我做了一把弹弓。

　　每天早上，我偷偷地跑到屋后的梨树林，用梨树做靶子，练习弹弹弓。一段时间后，我犹如神兵天将，拿着弹弓，雄赳赳，气昂昂，突然降临在男孩们的面前。

　　男孩们先是惊讶，后是大笑，说："一个女孩家，玩什么不好，干嘛玩弹弓？"

　　我笑着反问："哪个规定女孩子不能玩弹弓的？"

　　"哈……你会吗？"

　　"会，当然会。"我神气十足。

　　"敢跟我们比试比试？"男孩们哈哈大笑。

　　我杏眼圆睁："比试就比试，谁怕谁呀。"

　　男孩们嬉笑着你推我，我推你，谁都不屑与我比试，好像跟一个丫头片子比，有失脸面似的。

　　我看着男孩们一脸不屑的神情，心里像吞了一只苍蝇般难受，一张小脸憋得通红，冲着他们嚷："你们中谁最厉害？"

"我。怎么了？"二娃子一脸得意地站了出来。

"就你了！"

"好呀，输了学狗叫！"

恰在此时，一群鹅"嘎嘎"叫着从远处游过来，我二话不说，拿起弹弓，右手把线拉圆，瞄准头鹅，嗖的一声，一颗石子刚好打到鹅的脖子上，鹅即刻倒下，躺在田里哀哀鸣叫。我把弹弓一收，对着二娃子一挥手："该你了。"

二娃子被我的气势所镇，连连失手，最后拜倒在我的脚下，拥我为老大。

难道是我弹伤的那只头鹅？

我的心好像被什么东西撞了一下，神使鬼差冲姚二婶大叫："不要杀鹅！"

二婶愣了一下，把鹅放进池塘。

我不顾外婆的喊叫，一口气跑回家，拿出那把立过汗马功劳的弹弓，毫不犹豫地折成两截。

（本文刊 2021 年第 21 期《天池小小说》）

◀神奇的药方

魏达病了。病后胃口大得惊人，怎么吃也吃不饱，肚子越来越大，走路都很困难。

他控制饮食，拼命管住嘴。可眼睛一旦接触到美食，立刻失控，像八辈子没吃过一般，敞开肚皮大吃特吃起来，撑得肚子难受也停不下来。

他去医院治疗，全面检查显示身体各方面指标正常。医生沉吟片刻，说：买个眼罩吧。少了诱惑，也许就管住嘴了。

戴上眼罩后，眼睛是管住了，没料想鼻子又出来捣乱，几里外的香味都能闻得到，戴眼罩便彻底失去了意义。他很着急，这样下去非撑死不可！

他四处打听，终于访得一位民间神医，只需经过三审视四询问，然后开一剂药方，保证药到病除。

他不信。可肚子胀得实在难受，心想，反正不损失什么，死马权当活马医吧。

他几经周折见到了传说中的民间神医。神医 70 多岁，鹤发童颜，目光炯炯，看上去竟像 50 开怀的中年人。他不由得惊叹，这哪里是老人，分明是仙风道骨的世外高人！心下欢喜，也许自己真的有救了。

神医先审视了他三分钟，然后开始询问。

姓名？

魏达。

职业？

他不吭声。

职业？神医把声音提高几分贝。

局长。

几年了？

一年多。

哪里不舒服？

肚子胀，嘴巴总想吃。

神医沉吟不语。

他急了：神医，都说你医术精湛，什么疑难杂症都难不倒您。求求您想想办法帮我管住嘴。

神医也不言语，拿出方笺，大笔一挥，嘱咐他：照方抓药，保你药到病除。

方笺上只写了四个字，他辨别半天，也不知道写的啥。心想，肯定是医药术语，他是外行自然看不懂，药铺的医生一看就明白。

他问：多少钱？

病好后收钱，若治不好，分文不取。

他心想，神医是不是傻呀，病好后，病人要是跑路了，到哪去收钱呀。

病人要是想跑路，三天内必复发。

他大吃一惊，真是神呀，连他心里想的什么都清清楚楚！连忙承诺病好后，一定会来付清医药费。

他到中药铺抓药，店员看了方笺半天，然后摇摇头说不认识字。走了好几家药铺，结果都一样。

他很恼火，什么破神医，摆明就是江湖骗子！转念一想，不对呀，如果是江湖骗子，肯定说病情严重，然后索取高额费用，怎么可能病好后收钱呢？也许是店员阅历浅，见识少吧；也许是字迹太潦草，一般的人看不明白。他没辙，只好挨店铺挨店铺问，脚底磨出了泡，还是没一个人认识。他很绝望，这时候有人告诉他市区最南边有一家中药铺，药医非常了得，再潦草的字，一看便知。

他穿过闹市，拐过几条羊肠小道，找到了中药铺。刚走到门边，一位老药医迎了上来。

老药医头发花白，长须飘飘，看上去70有余。身子轻捷，走起路来，脚下生风，灵敏度绝不逊色于年轻人。

老药医接过方笺，皱了皱眉。他心里咯噔一下，完了，完了，老药医也不认识。他很失望，转身正想离开，老药医开了口：真不巧，其中的一味药买完了。这样吧，你留宿一晚，我上山去采药，如何？

他松了一口气。

那天晚上，他刚闭上眼，神医和老药医同时来到床前。神医也不说话，拿出闪着寒光的手术刀，对着他的肚子"丝拉"一下，划开一道口子，从里面抓出一只手掌粗的怪物，尔后对着肚子吹口气，伤口瞬间愈合。老药医接过怪物，用大拇指和中指卡住怪物的喉咙，叫声"吐"，"哇"的一声，钞票、古玩、奇珍野味等从怪物的嘴里飞了出来。神医对老药医说，表面看病是好了。但治标不治本，真正消除病根，还得靠你。两人说完就不见了。他惊出一身冷汗，醒了。摸摸肚子，隐约有点疼痛，再一摸，奇怪呀，肚子已经恢复了正常。

第二天，老药医递给他一剂药，嘱咐他此药不能煎，只能清蒸。长期服用，才能确保病不再复发。

他半信半疑，急忙打开来看。奇怪的是，里面除了莲节，什么都没有。

（发 2020 年《金山》第 9 期、发《喜剧世界》（上半月）2021 年 01 期。《民间故事选刊》2021 年 11 月上转载）

◀ 圆桌和方桌

结婚前夕，她和他为了买圆桌还是买方桌发生了争吵。

她要买圆桌，并列举了系列理由：圆桌外形美观，容量大，能容纳很多人。圆桌的上面可放转盘。转盘旋转起来，客人想吃什么菜就能撺到什么菜。难得的是圆桌有好生之德，怕伤到别人，磨光身上所有的棱角。结婚后，进入厨房再鲁莽，也不用担心被碰伤。孩子跟桌子一般长时，也不用担心孩子碰伤额头。她还列举了邻居家发生的事情：2岁多的南南，玩耍时碰伤了额头，顿时血流如注，现在额头上还有伤疤呢。

他要买方桌，也列举了系列理由：桌子是木头做的，木头是方形，方桌保持原有的形状，棱角分明，美观大方，还有立体感。看到它，就好像看见个性张扬的人生，不受世俗的约束，放飞心情，放飞理念，天地万物任遨游。难得的是，方桌为了房间更宽敞一些，腰练得收放自如，可长可短，方便又实用。

俩人越吵越厉害，先由桌子的表层说到里层，再渗透到现实，最后上升到人类的本性。

她杏眼圆睁，说得漂亮呀，个性张扬？其实骨子里就是自私自利！每天竖起棱角，看谁不顺眼就扎，也不管别人……

他反唇相讥，别说得那么不堪！再怎么说，总比迎合现实，再把自己打磨得圆滑，八面玲珑呀……

什么打磨圆滑，那是心中有爱，懂得换位思考……

别说的比唱的还好听……

什么说的比唱的还好听呀，事实就是事实……

谁也说服不了谁，她火了，丢下一句"不可理喻"，跑了。

她越想越郁闷，平时他对她嘘寒问暖，海誓山盟，为了她就算死也心甘情愿。没想到竟然为了一张桌子竟然寸步不让！难道所谓的关心，所谓的爱都是假的？她突然想起他跟前任女友是结婚前分手的，曾问他为什么分手，他说过去的事提它干嘛？她想想也是，她要的是他的现在，他的将来，纠结他的过去有什么意思！可现在她想纠结，非常想弄清楚原因。

她几经周旋找到他的前任女友。前任女友知道她的来意后，笑着问：你没去过他的宿舍吗？她当然想去看看，他每次不是借口加班就是借口要去应酬。她后来想估计她的宿舍脏乱差，他不想她看到不堪的一面吧。这么一想，她打消了念头。

他的前任女友告诉她，他宿舍桌子是方的，沙发是方的，碗、碟子都是方的，连拖鞋都是方的。她第一次置身方形的世界，好奇又激动，穿上方形拖鞋，夸张地扭着小蛮腰，迈着碎步，娇笑声在客厅里打转。谁料乐极生悲，脚下一滑，摔倒在地，导致骨折，在医院整整躺了半个月。出院后，她要丢掉方形拖鞋，他不让，竟然说以后小心点，习惯了就好。就来气，她很委屈，转念一想，各人有各人的喜好，他喜欢方的无可厚非。再说这是他的家，他的地盘他做主。这么一想，她又释然了。结婚前夕，他选的家具全是方的，她认了。他执意订制方形拖鞋时，她先是惊讶，然后愤然离开。

他如此执着方形，难道有难解的心结？她思考良久，决定找他好好聊聊，找出问题所在，再作打算。她找到他的宿舍，他不在。打他的电话，无法接通。她信步来到城东公园，远远地看见几个人大声争论着什么。她走近，耳边传来熟悉的声音：她是性情中人，把自己的所见所闻说出来，有什么错？陌生的声音：我就看不惯她，她只习惯别人对她好。稍不如她的意，便心生怨恨，把她认为不好的地方无限制地放大，再放大。她为什么不能多一点包容……熟悉的声音立刻响起：胡说八道！她关注底层人，敢站出来说实话，指出不足，这叫担当……陌生的声音：哈哈……兄弟，作者敢说实话当然好，但要一分为二地看待问题，还不是颠倒黑白呀。那么多美好的事物，怎么能视而不见，一味地……熟悉的声音：诬陷，这是诬陷……她再也听不下去了，逃也似的离开。

一夜无眠。第二天，她拉黑他的手机号，删掉了他的微信。

（刊《荷风小小说集》2020 年夏季卷）

◀ 别样的考验

梅艳艳的家立下规矩，儿女们找了对象，必须先通过爸爸妈妈的审核，方可以进入正式恋爱。她自然不能例外，挑了一个黄道吉日，带着准男友郭昕上门见爸妈。

男朋友郭昕身高 1.78，长得仪表堂堂，才高八斗，目前在一家大公司当经理，有房有车，年薪 50 万左右，可谓春风得意，前程似锦。艳艳信心满满，暗想，这么优秀的男孩打着灯笼都难找，爸爸妈妈看了肯定满心欢喜，夸她有眼力。

如艳艳所料，爸爸妈妈看见郭昕时，脸上晴空万里，眼睛眯成一条线。爸爸当场表态，同意。妈妈笑归笑，却不吭声。妈妈是家里的权威，她不点头，就不算通过。

艳艳有些吃惊，忍不住把妈妈拉到一旁，悄声问，妈妈，你倒是表个态呀，同意还是不同意？

妈妈点一下艳艳的额头，艳子呀，终身大事急不得，缓缓再说。

妈，你什么意思呀。缓？缓到什么时候呀。

妈妈不再理艳艳，扭过头对郭昕说，小郭，周末有空吗？我想去富华商店逛逛。

有空，有空，到时我叫他来接你。艳艳抢在郭昕面前接过话。妈妈约郭昕逛商店，葫芦里到底卖的什么药？考验是不是很大方？抑或考验是不是有耐心？不管怎么说，妈妈能邀郭昕逛商店，至少说明一点，对郭昕的第一印象挺好，看来这事十有八九能成。

周末郭昕早早地来接艳艳的妈妈，殷勤地帮忙开车门，很绅士地把艳艳的妈妈请上了车。艳艳用眼角的余光偷窥妈妈，妈妈春风满面，眼里荡着笑，悬着的一颗心总算落了地。

一路上，郭昕用心开车，妈妈从后面打量着郭昕，嘴角、眉眼全是笑。艳艳为了给郭昕加分，炫耀道，妈妈，郭昕虽说只有两年的驾龄，车开得平、稳，车技那是一流的。

郭昕一脸得意，一踩油门，车速从 60 瞬间升到 100，一口气超了近十辆车。妈妈皱了皱眉，小郭，超速不怕罚款吗？郭昕一脸自豪，阿姨，放心吧。这地段我熟悉不过，没有摄像头，哪怕开车 120，也不会罚款的。妈妈声音提高好几个分贝，就算不罚款，开这么快不安全。阿姨，不会有事的，放心吧。艳艳也在一旁帮腔，妈，安全得很，你把心放肚子里吧。

恰在此时，郭昕的电话响了，他想也没想，一只手握着方向盘，另一只手伸进口袋拿出手机，划开屏幕，接听电话。他刚挂了电话，艳艳的妈妈板着脸说，小郭，我不想去富华商店了，辛苦您把我送回家。

艳艳一脸惊讶，问妈妈怎么了，妈妈绷着脸说身体不舒服。她要送妈妈去医院，妈妈一口回绝。她想劝妈妈，目光触到妈妈那张阴得快要下雨的脸，又把到嘴的话吞进肚里。

下车后，艳艳想叫男朋友郭昕一起去家里，又不敢开口，站在原地可怜巴巴地望着妈妈。妈妈根本不理她，扭过头，冷着脸对郭昕说，小郭，你走吧，我不同意你跟艳艳交往。

艳艳非常惊讶，冲口而出，妈，你想干嘛呀？

妈妈叫艳艳回家，艳艳噘着嘴不挪步。妈妈把艳艳扯到一旁，悄声说，艳子，妈妈不能把你嫁给一个不守规矩的人，懂吗？

妈，郭昕哪里不守规矩了？

开车超速、接电话，这叫守规矩？今天坐他的车，妈的心一直悬着，万一出个车祸什么的，后果真的……

妈，我不是告诉过你，郭昕开车的技术一流，超速、接电话根本不碍事……

糊涂！要是每个人仗着开车技术高，违反交通规矩，你想想公路上会是什么样的情景？还有他开车不守规矩，钻空子，生活、工作上能守规矩吗？我能放心把你嫁给这样的人吗？

妈……

走，跟妈回家！

（发 2019 年 5 月 19 日《吴江日报》，发 2019 年 5 月 31《中山驾协报》）

◀ 蔬菜西施

看见莲花时，我大吃一惊。

正是三伏天，空气中像有火球在滚动，到哪都冒着热气。莲花戴着大口罩，眼里荡着笑意，热情地招待买菜的顾客。

我是两个月前认识莲花的。那天也很热，她穿一件水红的上衣，下配一条黑色的长裤，扭动着像蛇一样的纤细腰肢，在蔬菜间穿行，星星点点的汗珠像颗颗饱满的珍珠，成串成串地滑过那张年轻、娇美的脸，恋恋不舍地落向地面。看见我，她热情地招呼，靓女，买菜吗？

我朝她笑笑，辣椒多少钱一斤？

她面露喜色，靓女，听口音我们是老乡。不喊价，三元八。

他乡遇老乡，内心的欣喜无以言表。她是两个孩子的母亲，为了孩子接受更好的教育，跟随老公南下打工。她一没文凭，二没特长，很难找工作，只好租个菜摊艰难度日。她为人好，长得又漂亮，大家亲昵地叫她"蔬菜西施"。

我买好菜，她找钱时少一毛钱，反手抓起一些葱塞给我。一毛钱才多大的事，我哪好意思要她的葱呢。旁边一位买菜的大娘劝我，姑娘，老板是实在人，别说少一毛钱，就是少一分钱都会补给你一些葱，你就收下吧，以后常来帮她做生意就行了。

　　那次之后，我们成了朋友，对她有了更深的了解。她为人热情，服务周到，从不缺斤短两，很受顾客的欢迎，唯一的缺点就是眼睛里揉不得沙子，脑子缺根筋。我有些担心，一而再再而三告诫她，遇事多用脑，别多管闲事。她笑着点头，笑着说好。

　　她没心没肺的模样，我断定没把我的话当回事，心里不免忐忑，担心她会出事。没想到事情来得这么快，那天，我刚走进菜市场，远远地看见她跟一位卖菜的女人吵架，女人冲上去揪住她的头发，幸好城管及时赶到，厉声呵斥女人，女人才放开手。事后我责备她，不是答应不管闲事吗？她仰起头，这个女人太可恶，仗着自己是本地人，抢占别人的地盘。又不是抢占你的地盘，你急什么呀！今天抢占别人的地盘，说不定明天就抢占我的地盘，我能不急吗？

　　我正想得入神，她看见了我，亲切地招呼，嗨，老乡，好久不见。

　　是呀，是呀。这么久跑哪去了？

　　她指指自己的脸，说，受伤了。

　　我心里咯噔一下，急忙问，怎么受伤的？

　　她笑笑，一两句说不清楚，以后告诉你。

　　我突然想起跟她吵架的女人，难道是那个女人怀恨在心，趁她不注意伤了她？

我必须弄清楚才安心，走近悄声问到底怎么回事。她笑着说，你看，我正忙着呢，以后告诉你呀。我还想问，此时又来了几个顾客，只好住了口。

我闷头选菜，一位大娘主动凑近我，喋喋不休说开了：老板的脸被小偷划伤的。那天是星期天，买菜的人非常多，一位20岁左右、留着分头的男孩也来买菜。大家都忙着挑菜，谁也没注意到那个男孩。谁料那个男孩是小偷，趁大家没留意偷一位少妇的钱，手刚伸进包里，被老板发现了。老板大叫一声"有人偷钱"，冲过去抓住男孩不放。男孩恶狠狠地瞪老板，低声吼"放开我！"。老板不松手，大叫着"抓小偷，抓小偷呀"。男孩火了，从口袋里拿出一把刀，对着老板的脸狠狠地划了下去。

我听得心惊肉跳，一张如花似玉的就这么毁了。再没心情挑菜，看着忙碌的她，心里五味杂陈。

她发现我看她，笑着催我快挑菜。我说你忙你的，别管我，忙完了我有话跟你说。

她忙完后，笑着问，有什么话，说吧。

我……我想看看你的脸。

她说，还是别看了。

我说，还是看看吧。

她深吸一口气，好吧。

尽管我做好了心理准备，看见她的脸，还是吓了一跳。伤口还未痊愈，像一条红色的蚯蚓，横亘在那张俏丽的脸上。

我心痛地责备道，你怎么那么傻，看见小偷不会睁一只眼闭一只眼。

她笑，小偷偷钱时，我刚好两只眼都睁着呀。

你呀你，我说你什么好呢？

她突然凑近我，悄声问，老乡，我的脸是不是很难看？

我鼻子一酸，哽咽道，不难看，比西施还好看呢。

泪眼模糊中，那道刀伤慢慢散开，变幻成高山上的雪莲花，美丽而圣洁。

（发 2019 年 4 月 21 日《吴江日报》）

◀ 立 春

立春的前一天，妈妈反复叮嘱我："闺女，明天头日子你一定要管好嘴，对谁说不吉利的话，谁就会倒霉。"

立春那天，刚好是 12 月 26 日，母亲跟伯娘上街去办年货，临走时又一再告诫我千万不要说不吉利的话，我乖巧地点点头。

母亲走后，我很无聊，嘴又闲得慌，一双眼睛像雷达般在屋里扫来扫去，目光落在横梁上装满慈茹（马蹄又名荸荠）的篮子上时，馋得口水直流，要是能吃上几个又甜又脆的慈茹，那该多好呀。慈茹用来过年时陪客人的，母亲高挂在房间正中的横梁上，就是为了防止我们偷吃。

横梁上的慈茹，借我十个胆也不敢拿，怎么才能解馋呢？我歪着脑袋思量开了。我突然想起来了，上周六母亲带我到田里找遗漏的慈茹，真的找了不少呢。对！去田里找！

主意一定，我决定叫竹子哥一起去。没想到竹子哥不去，我死缠烂打，并加以慈茹的诱惑，竹子哥终于动了心。

天上飘着朵朵白云，慵懒的阳光照在身上，犹如母亲温暖的手轻抚着我。我像一只快活的百灵鸟，绕着竹子哥飞来飞去，仰起一张甜甜的笑脸："竹子哥，你说田里会不会有慈茹？"

"也许有吧？"

"慈茹真好吃！"我一边说一边咂巴着嘴。

刚到田边，我急不可耐地跳了进去，小手在泥巴里乱摸乱抓。不知道是泥巴翻得不够深还是田里根本就没有慈茹，我找了半天，竟然连慈茹的影都没见着。

我有点泄气，慢腾腾地挪到竹子哥身边，埋怨破田怎么一个慈茹也没有呢。我的目光落到竹子哥的手上时，眼睛亮得像天上的星星，他的手里竟然攥着好几个暗红的小慈茹呢。我大喜过望，想也没想，以迅雷不及掩耳之势伸向那些小慈茹。

竹子哥本能地一闪，我扑了空。

我对着他撒娇："哥哥，送一个给我吃，好不好？"

"不行，想吃自己找。"

"好哥哥，给一个嘛，就一个，好不好？"

"说不行就不行，走，走！"他挥着手，像驱赶一只讨厌的苍蝇。

"小气鬼！不给就不给，有什么了不起。"我嘟着小嘴怏怏地退到一边。竹子哥并不理会我，继续翻寻。

我心里气呀，拿眼狠狠剜竹子哥，他倒好，把我视为空气，手下使劲，加快翻寻的速度，少顷，一个又红又大的慈茹出现在他的手上，他开心地笑了起来。我更生气，此时母亲告诫的话又在耳边响起，立春这天一定不能对任何人说不吉利的话，如果说了谁，谁就会倒霉。竹子哥那么自私，我就咒他，让他倒霉。

这么一想，我小嘴一张，轻声诅咒道："死竹子哥，吃了慈茹你就生病，发烧……"

我正念念有词，竹子哥走近我，笑着说："玉妹，真生气了呀，小气鬼！给你。"

"给我？"我惊得张大嘴，看着那个最大的慈茹，心里一个劲地埋怨自己不该咒他。

"嗯。我已经洗过了，快吃吧。"

我冲竹子哥甜甜一笑，接过慈茹，一口咬下去，一脸陶醉状："好甜好脆呀，竹子哥，你真好！"

我怎么也没想到，几天之后竹子哥突然病倒，发着高烧，嘴里说着胡话。

我猛然想起那天立春咒他的话，急得眼泪直流，都是自己把他咒病的。我跑到他的床前，哭着喊："竹子哥，你醒醒，醒醒呀。我不要你死，你不能死呀。"

母亲急忙拉过我，轻声说："傻闺女，竹子哥没事，过几天就好了。"

"竹子哥不会好，不会好的，都是我害的！"我哭得越发厉害。

母亲吓得脸都白了，急忙把我拉到一旁，轻声责备道："闺女，胡说什么呢！"

我哭着把立春咒竹子哥的事情，告诉了母亲。母亲神色慌张，匆匆扫视一下四周，确信没人留意到我说的话，轻轻吁一口气，拉着我急忙离开。

回家后，母亲抚着胸口说："小祖宗，你吓死我了！这话要是被伯娘听见，她会放过你吗？"之后一再嘱咐我，这件事情不能告诉任何人。

我吓得住了嘴。可每天晚上，我偷偷地跑到阴暗的角落，学着奶奶的样，双手合十跪在地上，嘴里念念有词："老天爷呀，求你放过竹子哥，让他快点好起来！都是我的错，要罚就罚我吧！"

一星期后，竹子哥神奇般好了，我搂着他又哭又笑。

长大后，我把立春那天的事情告诉竹子哥，他刮一下我的鼻子，笑着说："傻瓜，那是迷信，你也信？"

（发2021年8月1日《宝安日报》）

◀河东河西

韩犇坐在家门前的青石上，抬头看看陈旧的房子，猛吸一口，尔后缓缓吐出，烟雾呈 S 型上升，然后头顶散开。

老婆梅丽不知什么时候来到身边，轻声说："当家的，要不明天你去找找老韩家的儿子韩海，叫他也给我们贷款……"

韩海是建行的主任，主管贷款。自从有了"农裕通"，村里家家户户都找他贷款，有些承包土地种植农作物，有些办加工厂，有些养鸡、鸭、鹅等。唯独韩犇无动于衷。

他不等老婆说完，狠吸一口，把烟头丢到地上，用脚碾碎，瞪起三角眼，斩断老婆的话："你让我去求那小子，不如让我去死呢。"

韩犇是农家的一把好手，可为人却不咋地，加上非常小气，村里人都不喜欢他，背地里叫他"铁公鸡"。他也无所谓，喜欢叫就叫吧。

韩犇高中毕业后，没有考上大学。他选择回家跟着父亲过上面朝黄土背朝天的生活。别看他学习一般，倒是农家一把好手。经他手的庄稼，郁郁葱葱，那份青翠，看着就有食欲；家里的田地，也被侍弄得生气勃勃，连虫子都不忍心糟蹋，每亩田比别人多收 300—500 斤，一时名气大振，他的脚下像踏了祥云，身子轻飘飘的。村民向他讨教经验，他睬都不睬。他的父亲劝他，乡邻乡亲的，低头不见抬头见，能帮就帮一把。再说哪个一辈子不求人呢？他听不进去。父亲叹口气，三十年河东三十年河西，风水轮流转呢。他冷哼一声，就算求人，也轮不到求村里这些人。

他堂叔的儿子韩海病了，找他借钱。他一口拒绝了。当时他的妻子劝他，道理说了一箩筐，他死活不同意。他还说堂叔那么穷，肯定还不起，借钱相当于送钱。堂叔气得扭头就走。没想到，堂叔的儿子韩海十年寒窗苦读，考上了财经大学，毕业后分到本地的建设银行上班。

老婆轻声说："要不我去找韩海……"

"你去求他干嘛？没饭吃了，还是没衣穿了？"

老婆没再吭声，叹口气走了。

他望着老婆的背影，长长地叹息了一声。村里人几乎贷了款，个个干得热火朝天，掰着手指头等数钱呢。他不想贷款那是假话，可是拉不下这张老脸呀。怪只怪自己以前做得太过分。

他每天除了做农活，就是把自己关在家里抽闷烟。

一天傍晚时分，他坐到家门前的青石凳上吞云吐雾，突然听到有人叫犇哥，抬头一看，是韩海。他心里直打鼓，韩海上门，是想奚落他吧？他冷着脸，装没听见。

韩海笑着说："犇哥，我找你，是想请你帮我一个忙。"

"你是银行领导，官大得很呢，我能帮你什么忙呀。"他瓮声瓮气说。

"犇哥，你别笑话我。我们银行贷款有指标，你能帮忙完成一个吗？"

他不吭声，心里思量开了，韩海这话是真是假？

"犇哥，算我求你了。"

他稍加思考，说："好，我就帮你一次吧。我贷款 20 万买收割机、插秧机、旋耕机等，用来承包村里的那些稻田。"

"谢谢犇哥，谢谢犇哥！"

年底，韩海请他喝酒，说要感谢他帮忙完成了指标。他没有推辞。喝到几分高的时候，他端着酒杯，拍着韩海的肩膀说："老弟，我要谢谢你呀，当年我那样对你，你没记仇，还帮我，给我贷款……"

韩海赶紧说："犇哥，应该是我谢谢你，是你帮我完成指标。"

他摇摇头，大着舌头说："老弟，你以为我傻呀。我心里很清楚，你知道我死要面子，于是想出这个办法帮我。当年我对不起你呀，老弟……"

韩海笑笑："犇哥，过去的事情就让它过去吧。来，干杯！"

"干杯！"

"咣当"一声，两个酒杯碰在一起，几滴酒趁机跳出酒杯，顿时，酒香在室内蔓延开来。

（发 2023 年 5 月 4 日《番禺日报》）

◀ 拼车回家

往年我怕过年，买票太难了，今年我盼望过年。

我盼望过年，是因为买了小车，开着小车回家那该多么风光呀。

年在我的盼望中越来越近，耳边隐约听见年的脚步声时，我突然想起离家一千多公里，开车至少得十几个小时，一个人孤单不说，也会很疲倦。思索良久，我决定找几个人拼车回家。

可年这么近了，一般的人都订好往返的车票了，我抱着碰运气的心态，在微信上打出这样一则广告，本人开车回家，寻找拼车客4人，有意愿者请立刻与我联系。

没想到，广告发出仅几秒，就有人报名，之后报名的人越来越多。我难以取舍，灵机一动，又在微信后面加上附加条件，拼车客限离我家10公里左右。报名的人数倒是少了一些，还是很多，我便按照先后报名的顺序敲定人员。

当天的傍晚，村里的张三敲开了我的门。张三家跟我家素有交情，我跟他关系也不错，虽在同城市打工，因为忙，很少走动。

张三进门后，哈哈大笑，恭喜呀恭喜，短短的几年时间混到了小车，了不起呀。

坏了！张三肯定想搭便车回家。我讪笑着一边为他倒茶，一边思考着如何应对。

张三看我只顾着倒茶，并不说话，笑着给了我一拳，小子，是不是害怕我搭你的车回家？告诉你吧，前不久我也买了一台车，准备载一些老乡回家呢。

我松了口气，忙笑着恭喜他。

小军，我这次来想跟你商量一件事，就是如何收取拼车客的费用问题。

我脱口而出，乡邻乡亲的，搭个便车怎么好收费呢。

便车？你也不想想，车上人一多，车子的损耗会增大，油费也相应增加，还有开车的辛苦费，收一些费用不应该吗？再说，他们不搭我们的车，买票麻烦不说，也要花钱的。

道理上是没错，可是……

可是什么？爹亲娘亲，不如钱亲，你免费载他们，他们一样不会领情的。我们也不多收，按照坐汽车的费用收吧。

张三走后，细想想，他说得并无道理，之前从没想过收取费用的我开始动摇了。可是收吧，实难开口；不收吧？自己确实吃了亏。恰在此时，电话响了，是母亲打来的。母亲问我什么时候动身？我忍不住把困惑跟母亲说了。母亲一听火了，这有什么好犹豫的？你又不是开出租车的，收什么费呀，再说乡邻乡亲的，谁没有为难的时候，能帮忙就帮一把。

母亲说得也在理呀，反正自己也要回家，收费显得过于计较了。再说花无百日红，人无千日好呢，万一以后自己遇到什么难事，说不定还得靠老乡们帮忙。这么一想，我释然了。

张三知道后，铁青着脸再次找到我，耐着性子劝说半天，我没有动摇，张三气呼呼地走了。

出发的那天，大家想着马上就要回到阔别一年的家乡，见到朝思暮想的亲人，没有一点困意，叽叽喳喳像一群小鸟，聊得特开心。一路上，大家都很照顾我，特别是公交车司机李四，发挥技术过硬的优势，把开车的活全揽了。

平时总感觉时间过得慢，可今天时间像泥鳅一样，在时光的小河里一滑而过，我还没聊够，小车已到了家门口。

我跟母亲正聊得火热，张三的母亲来了，她一脸焦虑，问我张三怎么还没回来？我暗自吃惊，张三比我早一个小时出发，我到家都三个多小时了，他开得再慢，也应该到家了呀。母亲见我沉吟无语，忙笑着宽张三母亲的心，别急，也许有什么事情耽搁了，一会儿就到了。

三个小时后，张三开着车身被刮花了一大块的小车回到了家。据说拼车的那些人，特别疲倦，大家都忙着打瞌睡，一路上车里除了鼾声还是鼾声。张三一个人开车，本来就很疲倦，再受鼾声的蛊惑，双眼皮总在打架。快到家的时候，不小心撞到了花圃上。张三回家后，脸青得能拧出水来，一句话也没说，倒头便睡。

大年初一那天，早餐过后，母亲忙着吩咐我摆好糖果、瓜子之类，等待大哥一家人过来拜年。还没摆好，鞭炮声噼里啪啦响了起来，母亲笑得像朵花，急忙迎出门。

我摆好糖果瓜子，正准备迎出门，听见母亲在外面大叫，军儿，快出来。看看，谁来了？

我懵了！前来拜年的竟然是拼车回家的那些老乡！

当地的风俗是：初一崽，初二郎，初三初四拜姑娘。他们不给自己的父母拜年，怎么跑到我家来了？我怔在原地，一时没回过神来。

母亲用手捅我一下，军儿，愣着干嘛，赶紧倒茶。

老乡们嘻嘻哈哈恭贺新年，从口袋里拿出早已准备好的红包，强行塞到母亲的手里，笑着祝母亲身体健康，长命百岁。母亲笑得花枝乱颤，好像回到了18岁。

我急忙拿出手机，抢拍下这一幕喜人的场景，写下"留存精彩，感恩生活"，连同照片发到微信上。

（发 2017 年 2 月 5 日《中山日报》）

◀ 母亲的秘密

每年的清明，他都会回家给母亲上坟。每次上坟，除冥纸外，他都会带上一只亲手做的香酥鸡。

今年，他仍像以往一样，带上冥纸，提着一只香酥鸡，来到母亲的坟前。他点燃冥纸后，拿出香酥鸡，朝着母亲的坟拜了三拜，然后在坟前盘腿坐下，说，妈，这是我特意给你做的香酥鸡，可香啦，你趁热吃吧。

他说着说着，喉咙硬了，泪像三月里的小雨，在脸上欢快地流淌。泪眼中，四十年前的一幕又浮现在眼前。

那年他8岁，读小学二年级。有一天，他放学后回家，刚走到家门口，鼻子突然兴奋起来，左嗅嗅，右闻闻，然后旋风般卷进厨房，兴奋地嚷着，妈，今天吃鸡肉呀，好香呀！他一边嚷，一边咕咚咕咚咽着口水。

母亲怔了怔，随即笑着说，儿子，你闻错了吧，哪有什么鸡肉香味？

他用力吸吸鼻子，嚷道，妈，我鼻子可灵了，绝不可能错，厨房里就有一股鸡肉的香味！

龙儿，别闹了！乖，放下书包，快吃饭吧！

那年代，山村穷呀，别说吃鸡肉，一年到头饭都吃不饱。他家唯一的一只老母鸡，母亲一直舍不得杀，说是留着下蛋孵小鸡。掰着手指头数数，他已经快两年没闻过鸡肉香味了。今天突然闻到鸡肉香，全身的每一个毛孔像打了鸡血般兴奋起来。可母亲偏偏说他闻错了，难道是母亲在说谎？不会呀，他清楚地记得，前年母亲做了香酥鸡，一口都舍不得吃，留着给他吃了好几餐呢。可是他嗅到的明明是鸡肉香味，难道真如母亲所说，自己听错了？

他使劲吸吸鼻子，绕着屋子走了几圈，错不了，就是鸡肉的香味。母亲端来一碗茄子，一碗青菜叫他吃饭，他噘着嘴不吃，吵着闹着非要吃鸡肉不可。

恰在这时，父亲回来了。他连忙跑了过去，向父亲告状，说母亲炒了鸡肉就是不给他吃。父亲笑着说，家里没杀鸡，哪来鸡肉呀。你小子想吃鸡肉想得落梦，大白天说梦话吧？父亲摸着他的头说。

他头一偏，躲过父亲的手，反讥道，你才是白日说梦话。不信，你自己闻闻，是不是有鸡肉的香味？

父亲嗅嗅鼻子，一脸疑惑地投向母亲。母亲讪笑几声，跟父亲说，肖枫，别听龙儿胡说，快吃饭吧！

父亲望望母亲，夸张地耸耸肩膀，然后刮一下他的鼻子，笑着说，龙儿，肯定是你错了，哪来什么鸡肉的香味，吃饭吧！

他盯着父亲的脸看了约一分钟，确信父亲不是在骗自己，噘着嘴狠狠拧一下鼻子，破鼻子，害我白开心。他端起碗正准备吃饭，突然发现母亲脸色苍白，身子像风中的树叶左摇右晃。还没弄明白是怎么回事，母亲像一捆柴般"轰"的一声，倒在地上晕了过去。

父亲急忙叫村里人送母亲去医院，偏僻的山村离医院太远，母亲送进医院时，医生已无回天之力。母亲临终前，拉住父亲的手，肖枫，米缸里有一盆香酥鸡，千万别吃，有毒！说完，头一歪，去了天国。

他弄不明白，那么香的鸡肉怎会有毒呢？

原来，近段时间老鼠特别多，田里的稻穗被糟蹋得不成样子，队长当机立断，把老鼠药拌进炒香的稻谷中，诱杀老鼠。谁知他家的那只母鸡偷跑出来凑热闹，吃了老鼠药死了。母亲舍不得丢掉，反复清洗之后，做成了香喷喷的香酥鸡。母亲又害怕有毒，自己先吃一些试试，把余下的鸡肉藏进米缸里。如果自己吃了没事，第二天再拿出来给他和父亲吃。

他想起这些，心如刀割一般疼痛，泪水像开闸的洪水汹涌而出。良久，他擦去眼角的泪，添一把冥纸，深呼吸，强挤出几丝笑容，柔声说，妈，告诉你，现在山村大变样，家家户户很富有，天天像过年一样，可以吃大鱼，大肉，你要是活到现在那该多好呀！你喜欢吃香酥鸡，儿子可以天天做给你吃。

他顿了顿又继续说，妈，这只香酥鸡是我亲手做的，好吃吗？好吃你就多吃一点。妈，不急，你慢慢吃，别噎着了。他说着说着，不争气的泪水又哗哗地往下掉。

（发 2017 年 5 月 14 日《中山日报》）

◀ 五点半

下班时间刚到，杨杰急忙走出律师所。

两个小时前，女朋友芸打来电话，告诉杨杰，晚上五点半，爸爸约他在家里见面。

芸在电话里一再叮嘱，爸爸军人出身，时间观念非常强，特别讨厌不守时的人。芸一而再、再而三强调，宁提前十分钟，也不要迟到一分钟。如果迟到，说得不严重一点，爸爸会设置重重关卡，反复考验杨杰，直到满意为止；说得严重一点，爸爸会当场把杨杰拒之门外，掐断他们的恋情。

杨杰暗想，第一次上门，总不能空着手吧？买些什么呢？他突然想起，芸曾跟他说过，爸爸平生有一个喜好，就是爱整两杯，碰上投缘之人，还会开怀畅饮。他决定投其所好，买上两瓶好酒孝敬未来的岳父。

杨杰走近小车，正准备拉车门，后面突然传来叫喊声，"杨律师，杨律师，等一等"。

杨杰回过头，叫他的是一位50出头的老人，老人一边挥手一边喘息着小跑过来。他上下打量着老人，感到奇怪，自己并不认识老人呀！老人怎么会知道自己姓杨呢？转念一想，他又笑了，自己不是律师吗？老人认识自己很正常呀。

他笑着问道，老人家，找我有事吗？

老人还没说话，眼泪哗哗地往下流。

杨杰看得心酸，连忙安慰道，大爷，别难过。如果需要我帮忙，您尽管说。只要能帮得上，我一定会帮您的。

大爷擦干眼泪，深呼吸，说起了事情的经过。

大爷有一位女儿娇娇，长得非常漂亮，因眼光高，26岁了还没找对象。街道小混混阿飞看上了娇娇，上门提亲，遭到了大爷的拒绝。谁也没想到，就在五天前的晚上，阿飞拦住娇娇，扬言要把生米煮成熟饭。娇娇拼死抵抗，情急之下抓起地上的砖头，砸伤了阿飞的头。阿飞的爸爸仗着有钱有势，带着一帮人打上门来。那群人横冲直撞，对着娇娇拳打脚踢，事后还索赔十万治疗费，限二天内送去，否则后果自负。

杨杰气愤难当，真正无法无天，告他！

大爷忙接过话，杨律师，我……我想请您做代理律师，好吗？

恰在此时，电话响了，是芸打来的。芸问杨杰到哪里了，并提醒他不要迟到。

杨杰一看时间，不由得暗叫："糟糕，离五点半只有十分钟了！"

杨杰一脸歉意，说，大爷，我可以做您的代理律师，可是我今天有急事。这样吧，我们改天再约时间谈，好吗？

大爷流下泪来，哽咽道，阿飞的爸爸是黑道中人，地方一霸。别说我没钱，就算钱漫金山，哪个律师敢接这官司？

大爷，不是我不敢接这官司，我今天真的有急事。

杨律师，你去忙事吧，不怪你！老人说完，转身离去。

老人走了没几步，杨杰突然大声叫道，老人家，不要走，跟我去律师所吧。

杨杰又怕芸打电话催促，狠狠心，咬牙把手机关了。

杨杰再次走出律师楼时，已经是五点五十。他想到赴约之事，心里像揣了一只小兔子，上蹿下跳的。

杨杰思考再三，决定硬着头皮去赴约。他来不及买礼物，提心吊胆来到芸的家。芸一张粉脸透着寒气，没好气地质问道，这么晚还来干嘛？

杨杰正想解释，芸的爸爸打着哈哈走了出来，不晚，不晚，刚好五点半。

爸？你说什么呢？芸一脸迷茫，不解地望着爸爸。

爸爸指指墙上的挂钟，笑着说，傻丫头，你看看墙上的挂钟，时、分、秒针不是刚好五点半吗？

芸傻子般站着，一动也不动。

傻丫头，还愣着干吗？快把那瓶珍藏了二十年的茅台拿来，今天爸爸要陪杨杰开怀畅饮，不醉不休！

几杯酒下肚，芸的爸爸便有了醉意，大着舌头说，杨杰，你……你知道吗？找……找你的……那位大爷，是……是我的战友……

杨杰似有所悟，急忙抬头看墙上的挂钟，时、分、秒针仍停在五点半。

（发 2019 年 6 月 2 日《吴江日报》）

第三辑

有温度的谎言

◀ 有温度的谎言

她刚走到二楼，一声尖叫划破静谧的夜送进她的耳朵。尖叫声来自 308 宿舍。

她是生活老师，308 是她管理的宿舍。她转身上楼，循着声音来到小虎的床前。小虎身子蜷成一团，两只小手在被子外乱抓，啊一啊一啊尖叫着。

她推推小虎，轻声唤："小虎，小虎……"

小虎一边往床角挪一边尖叫："怪物，怪物…"

"小虎，你醒醒，我是老师呀。"

小虎看清是老师，钻进她的怀里，呜咽着："李老师，我怕……"

宿舍有些同学醒了，嚷着害怕不敢睡觉。她安抚好同学们，把小虎抱出宿舍。小虎的身子在她的怀里一直抖，她拍着小虎，叫他不要怕，没有怪物，只是做了一个噩梦。

小虎今年 8 岁，长得虎头虎脑，比同龄人高出半个头，一笑露出两个酒窝，很惹人喜爱。他性格开朗，胆子却特别小。有一次，一只蚂蚁爬到他的脚上，他一边跳脚一边尖叫，惹得同学们哈哈大笑。他胆小归胆小，却非常喜欢听鬼故事。听了鬼故事后，晚上准会做噩梦。

小虎说他真的看见怪物，怪物好高好高，头上长着四个角，眼睛红红的，比灯笼还大，嘴巴有脸盆那么宽，后背上长满了眼睛。怪物追着抓他。小虎伸出手，一脸惊恐地告诉她，手上的伤就是怪物抓的。

小虎的手背确实有道伤痕，那是他做噩梦自己乱抓抓伤的。她安抚半天，小虎才在她的怀里沉沉睡去。她把小虎放回床上，刚进出宿舍，啊一啊一啊一小虎又尖叫起来。

她急忙返回，小虎蜷成一团，嘴里叫着："不要抓我……"

好不容易哄睡，可她一转身，小虎又尖叫起来，反复几次都是如此。她想了想，给老公发信息，简单地把事情说了一遍，告诉老公她要留下来陪小虎。

她搂着小虎，却无法入睡。记忆中，小虎除了听鬼故事会做噩梦，平时睡眠很好。今晚没听鬼故事，怎么会做噩梦呢？

第二天，她联系小虎妈妈，说了昨晚的事情。小虎的妈妈一听很着急，周六晚上小虎在家也做了同样的噩梦，担心小虎是不是中邪了？

她忙安慰小虎妈妈，中邪那是迷信的说法，不可能的事。她问小虎妈妈，周六晚上小虎有没有看恐怖片，或者受到过什么惊吓？

小虎妈妈说没有。她叫小虎妈妈好好想想，小虎妈妈沉吟片刻，想起了一件事。

周六晚上十一点左右，小虎的妈妈跟爸爸因为钱的问题吵了起来，开始声音压得很低。渐渐地越吵越凶，声音越来越大。小虎的爸爸骂小虎妈妈是败家娘儿们，吼着要离婚。小虎的妈妈大叫着离就离，谁怕谁呀。小虎爸爸让小虎妈妈带着小虎立即滚蛋。小虎妈妈冷笑，说小虎爸爸做白日梦，谁会傻到离婚后还带着拖油瓶呢。

"老师，小虎肯定醒了，听到我和他爸爸吵架说的话才会做噩梦的。我真是糊涂呀。"

她劝小虎妈妈冷静，现在不是自责的时候，得想办法解决问题。

"老师，我……我真想不到办法，您帮帮我吧。"小虎妈妈恳求道。

她思考良久，想到了一个办法。小虎妈妈连声说："好，好！"

几个小时后，小虎的爸爸妈妈来到学校。小虎妈妈把小虎搂进怀里，说："宝贝，妈妈想你，你想不想妈妈呀。"

小虎猛地推开妈妈，叫道："妈妈骗人！妈妈才不会想小虎。那天晚上你说要跟爸爸离婚，说小虎是拖油瓶，不要小虎。"

"宝贝，妈妈很爱你，怎么可能不要你呢。宝贝，你听妈妈说，单位要我和爸爸国庆节表演一个节目，那天晚上，我跟爸爸在排练话剧呢。"

小虎歪着头，睁大眼睛望着妈妈。

小虎的爸爸疾步上前，摸着小虎的头，柔声说："虎子，妈妈说的是真的。爸爸也很爱你，周末爸爸带你和妈妈去湖心公园划船，好不好？"

"真的吗？"

小虎爸爸刮一下小虎的鼻子，笑着说："小子，爸爸什么时候骗过你？"

小虎仰起头，严肃地说："爸爸，以后你和妈妈排练话剧，不要瞒着小虎，好吗？"

"好，好，爸爸听虎子的。"

晚上，她悄悄来到小虎的床前。小虎缩在被窝里，脸上挂着浅浅的笑，估计正做着美梦吧。

（发 2024 年 7 月 12 日《自学考试报》）

◢父 亲

她等父亲睡熟，轻轻掩上门，走出大楼。

外面很静，只有路灯和窗户漏出的惨白的光。她紧了紧衣服，把自己包裹得严实一点，深呼吸，仰头望向天空。天空没有星星，望着无穷无尽的黑，思绪回到一个月前。

她清楚地记得那天是阳历 12 月 3 日，农历十一月初十。早上哥哥在电话中说父亲病了，病得很重。她要哥哥赶紧把父亲送往当地的医院，等她安排好工作上的事，马上接父亲到城里治疗。

她没想到的是，傍晚时分哥哥把父亲送到了她家。父亲脸色苍白，全身像没有骨头一般蜷缩成一团。她心里一酸，眼泪无声地涌了出来。

她急忙把父亲送到医院。一查，胃癌晚期！她双腿一软，老公眼疾手快急忙揽住她的腰，才没有摔倒。

她缓过气，请求医生立刻手术。哥哥不同意，医生也提醒，七十多岁的老人了，手术风险很大，最好回家保守治疗。

回家等于等死呀，她扑通一声跪下，哭着说："医生，我从小没有母亲，父亲抚养我和哥哥长大，吃了很多苦，还没享过一天福。求您救救我父亲。"

医生同意了。

疫情期间，只允许一个人在手术室外面等候。父亲被推进手术室后，她死死盯着显示灯，生怕一眨眼，"手术正在进行"就会从眼前消失。零下一度的气温，她的手心，身上却全是汗。

四个小时零一刻，手术室的门终于开了，医生一脸疲惫地告诉她，手术顺利。她抓住医生的手，说声"谢谢"后，号啕大哭。

父亲手术后进入重症监护室的第五天，她正在吃早餐，医院来电话让她赶紧过去。她丢掉碗，一口气跑到医院，哭喊着"父亲"冲到重症监护室。

医生告诉她，父亲很好，叫她别紧张，只是营养跟不上，需要补充蛋白蛋。蛋白蛋不在医疗保险范围内，需要她签字。

她止住哭，不好意思地冲医生笑笑，想都没想签了字。她跟医生说，只要能治好父亲，钱不是问题。其实她并不富有，她和老公的工资加起来一万左右。去年她按揭买了一套房，除去每个月五千多的房贷、孩子的学杂费和人情费，根本没有结余。

半个月后，父亲出了重症监护。她请了假，衣不解带全程陪护。

她怎么也没想到，父亲不配合治疗。父亲把吸氧管拔掉，冲她嚷："搞这些名堂有什么用？！"她解释说吸氧有好处，父亲反问："有好处你为什么不吸？"噎得她半天没回过神。

做雾化的时候，父亲牙咬得铁紧，撬都撬不开。她劝多了，父亲冲她吼："含着那鬼东西难受死了，医生整治我，你看不出来？"她半晌说不出一个字。

父亲做了胃切除手术，只能进流食，她咬牙给父亲买了全安素。父亲冲她发火："你买的什么呀，一点味道都没有，难吃死了。"父亲趁她不注意，打翻杯子。杯子碎了，全安素洒了一地。

她真的很想发火，真的很想转身离去，任由父亲自生自灭。可转念又想，父亲是病人呀，怎么能跟病人计较呢。她又耐着性子劝父亲，说得嘴角全是泡，父亲听不进一个字。

记忆中，父亲一直通情达理，处处为她和哥哥着想。为了送她读书，父亲舍不得吃，舍不得穿。一次，她发现父亲的裤子两个膝盖都烂了，劝父亲买条新的，父亲只是笑。那天晚上凌晨一点，她起床小便，看到父亲坐在煤油灯下，正笨拙地缝补着裤子。昏暗的灯光里，父亲脸色蜡黄，背弯得像虾米，四十出头的父亲看上去像六十岁的老头。她正看得出神，父亲突然哎哟一声，食指上冒出一股殷红的血。她叫声"父亲"，控制不住哭了起来。

一个冷战，把她从记忆里拖了出来。不知什么时候，起风了。寒风无情地掀起她的衣角。

她摁亮手机屏幕，一看时间，惊出一身冷汗。出来快一个小时了。天气这么冷，父亲要是踢开被子，着凉了怎么办？

她急忙返回病房，灯光下，父亲睁着眼睛正望着天花板出神。父亲听到门响，望向门口，艰难地伸出手。

她疾步上前，抓住父亲瘦骨嶙峋的手，泪水在眼眶打转。

"玉儿，你的手好冰，去哪了？"

"去外面走了走。"

"外面有风，冷。"

"只要你好好的，再大的风也不冷。"

"玉儿，你怎么那么傻呀，难道看不出来这是花冤枉钱吗？"

她一怔，随后抓紧父亲的手，流着泪说："父亲，钱没有了可以再挣。您要是没有了，我到哪里去找您呀。"

（2023 年 9 月 3 日《宝安日报》）

◀ 追着太阳跑的男孩儿

星期一，第一节下课铃刚响，牛牛便第一个冲出教室。到了第二节上课，却迟到十多分钟，进来时还气喘吁吁，满头大汗。班主任高老师觉得很奇怪，问啥原因，牛牛红着脸说闹肚子。

牛牛历来很诚实，高老师信任他，要他赶紧去看医生。

两天过去了，牛牛还是那样。高老师问牛牛，是不是没去看医生？牛牛低着头，抓着衣角来回搓。

高老师心疼地责备道："生病了，就应该及时去看医生，拖严重了怎么办？"

牛牛还是不吭声。

"是不是没钱？"

牛牛只是摇摇头。

"放学后老师带你去吧。"

牛牛一脸惊慌，赶紧说有钱，放学后保证去看医生。牛牛脾气犟，不愿意做的事，谁也说服不了他。高老师只好由着他，只是嘱咐他一定要去。

第二天天气转凉，还下起了小雨，牛牛没再闹肚子，高老师的心里踏实了。

两天后，天开始放晴，没想到牛牛又开始闹肚子。高老师很纳闷，难道闹肚子跟天气有关吗？她仔细打量牛牛，瘦确实瘦了一些，可精气神还在。不对呀！闹肚子这么久，应该浑身没劲。他不是在说谎吧？

高老师决定弄个明白。

又是一个晴天，第一节下课铃声一响，牛牛立马冲出教室，朝着校外奔去。高老师尾随其后，牛牛跑得很快，高老师疾步紧跟。没多会，牛牛便拐进了山村。高老师明白，他是回家了。

等高老师赶到时，牛牛正鼓着腮帮，咬着牙关，用瘦弱的肩膀扛着奶奶的半边身子慢慢往外挪。高老师来不及多想，连忙上前，帮忙把奶奶抱到外面的椅子上。

牛牛见到高老师，吃了一惊，叫声"高老师"，低着头，绞着手指，等着挨批。

高老师一问，才知道牛牛的奶奶去年突发脑出血，落下偏瘫的后遗症。为给奶奶治病，家里欠下了一大笔债务。为了还钱，牛牛的爸爸妈妈只好把奶奶托付给隔壁的李婶帮忙照看，双双外出打工。李婶六十多岁了，干不了体力活。前不久，牛牛听说偏瘫除了吃药坚持锻炼外，还要多晒太阳。从此，只要一遇到有太阳的天气，他就会把奶奶从屋子里搬出来晒太阳。幸好牛牛的家离学校不是很远。

高老师终于明白了牛牛只有晴天才会闹肚子的原因。心里感慨道：10 岁的孩子，本是在父母怀里撒娇的年龄，却要用瘦弱的肩膀，肩负起照顾奶奶的重任，太不容易了！

高老师的眼睛湿润了。

牛牛见高老师不吭声，抬起头，怯怯地说："高老师，我错了，不该对你说谎。"

高老师把牛牛拉进怀里，心疼地责备道："傻孩子，你这样来来回回跑，会累坏身子的。"

"高老师，我就是想让奶奶早点好起来。我不想奶奶死，我不能没有奶奶。"牛牛说着哭了起来。

高老师搂紧牛牛，安慰道："傻孩子，奶奶不会有事，她还要陪着你呢。"

牛牛用手背擦擦眼泪说："高老师，我骗了你，你会生我的气吗？"

"你孝敬奶奶，老师不生气，还要表扬你。"

周日，牛牛从菜园子回家，走到院坝，就看见高老师和同学们，还有坐在轮椅上的奶奶。

高老师知道真相后，自己掏钱买了轮椅，还跟同学们揭秘了牛牛晴天的异常举动，对牛牛的行为大加赞赏。今天，她带领同学们一起把轮椅送了过来。

"高老师！"牛牛哽咽了一声，便急忙朝老师和同学们奔去……

（发 2022 年 11 月《农村孩子报·作文大王》第 1 期、2022 年 11 月 30 日《教师报》）

◀ 玻璃心

我不喜欢爸爸。

爸爸为了取悦我，主动带我去县城玩。

县城对于山村的孩子来说，遥远而美好。我犹豫片刻，跟着爸爸坐上开往县城的客车。

那天刚好赶集，大街上人流如蚁，街道两旁密密麻麻摆满各种各样的货摊，货摊上堆满小饰物，琳琅满目，让我眼花缭乱。我很兴奋，像泥鳅般在那些货摊间钻来钻去，看看这个，摸摸那个，只恨妈妈给我少生了几双眼。

爸爸满脸堆笑，不停地问我喜欢什么，要买什么。我突然觉得爸爸其实没那么讨厌，心里第一次对他萌生出一丝好感。

我拿起一对蝴蝶结，左看右看，上看下看，喜欢得不得了。心里美滋滋地想，耳边马上会传来爸爸乐呵呵的声音："喜欢就买下吧。"

我等了半天，耳边没有动静。我抬起头，爸爸根本不在我的身边！我睁大眼在人群中搜索，不远处，爸爸正跟一个陌生叔叔有说有笑。我悄悄走过去，竖起耳朵，爸爸跟陌生叔叔正说着两家"结亲家"，陌生人打着哈哈连声说"好啊好啊"。

我听妈妈说过两家"结亲家"，就是一家把女儿嫁给另一家的儿子。爸爸只有我一个女儿，"结亲家"就是要把我嫁给陌生叔叔的儿子。刚刚对爸爸萌生的一丝好感，瞬间荡然无存。

我再没逛县城的兴趣，吵着要回家。

那天晚上我不敢睡，生怕爸爸趁我睡着的时候把我嫁出去。我拼命睁着眼睛，告诉自己别睡，别睡。半夜时分，我实在抵挡不住瞌睡的袭击，不知不觉睡着了。

我刚合上眼，爸爸带着那个陌生叔叔突然来到我的床前。那个陌生叔叔不由分说，把我从床上抱起，朝着外面飞跑。我一边拼命挣扎一边哭喊："妈妈，妈妈……"

妈妈疼爱地推醒我："闺女，醒醒，快醒醒！"

我偎进妈妈的怀中，吸着鼻子哭了起来。

"闺女，做噩梦了？"

我一边哭一边说："妈，我怕，我好怕！"

"别怕，妈妈在呢。闺女，做什么噩梦了？"

梦中的情景我记得很清楚，可看看睡在妈妈身边的爸爸，我不敢说，只是一个劲地哭。

妈妈搂紧我，轻轻地哄着我："闺女，不哭了，不哭。"

爸爸揉着眼问妈妈："闺女怎么了？"

我听到爸爸的声音，立刻停止哭，心里像打鼓一般。我怕妈妈再问我，干脆闭上眼睛装睡，却怎么也睡不着。

第二天，爸爸刚出家门，我拉着妈妈的衣袖，可怜兮兮地说："妈妈，我不要看到爸爸，你带我走吧。"

妈妈非常惊讶，盯着我看了半天，摸摸我的头，一脸焦虑：

"闺女,你怎么了,是不是哪里不舒服?"

我甩开妈妈的手,噘着嘴说:"妈,我讨厌爸爸,不要跟他住在一起。"

"闺女,你怎么会讨厌爸爸,爸爸很爱你的呀。"

"他不爱我,一点也不爱我!我就是讨厌他!"

妈妈怔住。

"昨天他跟一个不认识的叔叔悄悄说结亲家……"

妈妈大笑起来:"哈哈……闺女,那个陌生叔叔是爸爸的同学。他看你长得可爱,你爸才开玩笑说结亲家。你就为这事讨厌爸爸?"

"我还讨厌他经常打你……"

那时候,家里条件不好,只有一张床,我跟爸爸妈妈睡在一起。有一天晚上,我迷迷糊糊间听见妈妈在哭,睁开眼,看见爸爸压住妈妈打。我害怕极了,躲进被窝,大气也不敢喘。那一刻,我觉得爸爸很恐怖,从心底里反感、讨厌他。那次后,晚上我总睡不好,好几次看见爸爸打妈妈……

妈妈怔了片刻,拉过我,眼里漾起柔情万千:"闺女,你爸很爱这个家,很爱你,也从没打过妈妈,你一定要相信妈妈。"

我搞不明白,爸爸总打妈妈,妈妈为什么还要帮着爸爸说话?

妈妈拥住我,柔声说:"闺女,等你长大了,你就懂了。"

那次后,我再也没有见过爸爸打妈妈。心想,肯定是爸爸怕我讨厌他,他才不再打妈妈的吧。

结婚后,我懂了妈妈话里的意思。我成妈妈后,小心翼翼地呵护着宝宝,生怕一不留神,就会碰碎宝宝那颗脆弱的玻璃心。

（发 2021 年 11 月 28 日《番禺日报》）

◀ 寻找高奶奶

母亲仙逝，雷小峰悲痛不已。

雷小峰清点母亲的遗物时，发现母亲的存折上没钱！母亲是老党员，退休前已是副处级，按理说，应该存下一大笔钱。

雷小峰百思不得其解，难道母亲有不为人知的秘密？

雷小峰意外地在网上看见一则置顶的帖子：寻找高奶奶。发帖的是某高校毕业的大学生鲍蕙。从帖子的一些描述来看，高奶奶跟母亲非常相似。

高奶奶莫非就是母亲？雷小峰决定弄清楚。

鲍蕙告诉雷小峰，他出生于偏远的山村，生活非常艰苦，读到五年级面临着辍学之际，却意外地收到一笔汇款，署名高奶奶。高奶奶每年会按时寄来学费及一些学习用品，也写信鼓励他好好学习。信封上没有具体地址，也没有留下电话。现在他大学毕业了，想借助网络找到高奶奶。

做好事不留名，这是母亲的秉性。雷小峰清楚地记得，8岁那年，有一次放学的路上，他搀扶老奶奶过马路，并把老奶奶送回家。老奶奶问他叫什么名，在哪个学校读书，他告诉了老奶奶。母亲知道后，夸他的同时教育他做好事要低调，不要留名，更不要索求回报。

同样的姓，同样的性格，同一个城市，雷小峰越来越觉得，高奶奶极有可能就是母亲。雷小峰正想继续了解情况，发现帖子下面突然多出十几个帖子，都是寻找高奶奶。

竟然有这么多人寻找高奶奶！资助这么多孩子上学，需要花费不少钱。雷小峰不由得想起，母亲在世时一件百思不解的事。

母亲原本很喜欢吃肉包子，每天早上，都会买两个肉包子解解馋。一天早上，他特意到网红店给母亲买了几个肉包子，回家却看见母亲在啃馒头。他有些吃惊，母亲却笑着说年纪大了，体质一天比一天差，油荤重了，身体承受不起。他很自责，母亲体质这么弱，自己竟然不知情。

谁料母亲看见肉包子时，眉眼弯成一条线。母亲猴急似的拿过肉包，底下的纸撕开不到一半，张嘴便咬了一口，边吃边说，好吃，好吃。

雷小峰叫母亲吃慢点，还暗示母亲不要吃太多，别弄得身体吃不消。母亲叫他别担心，偶尔吃一回，没事的。

一个星期后，雷小峰听说有家网红店，馒头非常好吃，他便过去买了几个馒头给母亲送去。没想到的是，母亲正在厨房费力地揉着面团，准备蒸馒头吃。母亲看见他时，笑着说怕外面的馒头不卫生，自己做，吃得放心。他劝母亲不要太辛苦，要保重身体。母亲却说她壮得像头牛，累不着。

前段时间母亲说体质差，拉不起油荦，现在又说自己壮得像头牛，这不是前后矛盾吗？雷小峰笑话母亲卖矛又卖盾。母亲愣了片刻，随后哈哈大笑，自嘲年纪大了，说话不着调呢。

雷小峰终于明白，母亲不是体质弱拉不起油荦，也不是嫌外面的馒头不卫生，她是舍不得花钱呀。存折上没有钱的谜团，也随之解开。他觉得鲍蕙要找的高奶奶就是母亲。

要不要告诉鲍蕙，他要寻找的高奶奶就是母亲呢？

雷小峰心想，母亲帮助山村的孩子不留名，也不留电话，就是不想让大家知道她。他要是告诉鲍蕙，母亲在九泉之下会安心么？

雷小峰正犹豫不决，鲍蕙等人商量着要找电视寻亲平台，一定要找到高奶奶。

上电视寻亲平台，更不是母亲所希望的。雷小峰不再犹豫，告诉鲍蕙等人高奶奶就是自己的母亲，已经仙逝，叫他们不要找了。瞬间，喧哗的屏幕立刻安静下来，静默三分钟后，泪水似潮水般在屏幕上恣意流淌，"高奶奶，高奶奶……"的呼唤声，声声凄婉，催人泪下。

一段时间后，偏远山区不少贫困孩子陆续收到汇款，署名：高奶奶。

（发 2022 年 8 月 28 日《番禺日报》）

◀ 青色女孩

　　女孩叫李艳梅，她不像别的女孩一样喜欢花红柳绿，却偏爱青色。

　　女孩从头到脚都是青色的，衣服、鞋子、袜子、床上的被子都是青色的，她居住的房子用青色装饰，用青色的小草作盆景，弄得别人看她，脸、鼻子以及身上的皮肤无一不是青色的。

　　这些倒还罢了，无非是一些外表的东西，绝对对身体不会造成伤害。问题是女孩吃喝也只限于青色，肉呀鱼呀鸡呀等碰都不碰，导致身体营养严重不足。人瘦得只剩皮包骨，一阵风就会刮走。她的母亲成天在她的耳边唠叨，女儿呀，你不能专吃青色的菜，也得吃一些肉食之类，这样身体才吃得消。她总是笑着说，妈，我的身体倍儿棒，伤风感冒都绕道走呢。母亲再说，她就是左耳进右耳出。母亲急了，不管她同不同意，吃饭时总把大鱼大肉往她碗里搛，她不要，母亲就用筷子按住不放。她的一张脸青得能拧出水，对着母亲没好气地说，如果再强迫她吃大鱼大肉，立马搬出去，从此再不回家。母亲叹口气，松了筷子。

有一次，家里来客人，母亲要女孩去买一些水果。她倒是大方，买了苹果，桃子，李子等等好几种水果，只不过她挑的全是青色的那种水果。母亲一看直皱眉，青色的水果都是没熟的，涩涩的怎么吃？她白一眼母亲，青色的水果又甜又脆，味道鲜美，营养丰富，哪不好了？一边说一边拿起一个青色的李子，张嘴就咬，一边吃一边还嚷着好吃，真好吃，人间美味呀。母亲哭笑不得。

女孩每天下班回家，迫不及待跑到阳台上看青色的小草，目光柔情而热烈，痴迷的模样绝不亚于热恋中的女孩。母亲很纳闷，忍不住问她，女儿，那些小草除了青还是青，也没有香味，有什么好看的？她深情地注视着小草反驳母亲，谁说青青的颜色不好看？青草散发出淡淡的清香味，不是香味是什么？停顿片刻，她站起来跟母亲说，妈，青草也并非你想象中的那样，永远只是青色，说不定哪一天，青草还会开出鲜艳的花，结出鲜美的果呢。母亲叹口气，摇摇头走了。

女孩这么痴迷青色，有人便说她不是神经有问题就是另有隐情。可她怎么看，都是正常人。那么只有第二种可能，青草里面有隐情。为了解开这个谜，有好事者花了大量的时间及精力去研究女孩，终于揭开了她痴爱青色的神秘面纱。

女孩读高中跟一个男孩相爱了。可学校明文规定，学生不可以谈恋爱，一旦发现，严惩不贷。于是女孩跟男孩只能偷偷地约会。一天晚上，女孩跟男孩坐在校园的青草地上，女孩望着天上一闪一闪的星星，突然扭过头，看着男孩的眼睛说，听大人说，我们的恋情就像地上的青草，不会开花，更不会结果。男孩一怔，随即搂过女孩，凝视着天上的星星说，梅，请星星为我做证，终有一天，我一定要让地上的这些青草开出美丽的花，结出鲜美的果。女孩的眼睛亮得像天上的星星，眨啊眨，惊喜地问，真的吗？男孩把女孩搂得更紧，当然是真的，你就等着看美丽的花，吃鲜美的果吧。

那一刻，女孩便爱上了青色，爱上了青色的小草。男孩大学毕业后，去国外深造。临走的那天，男孩跟女孩说，梅，记住那晚我跟你说的话，等着我。

女孩痴迷青色的谜底一揭开，亲朋好友前来劝她，男孩当年只是随口一说，你怎么可以当真呢？再说，你长这么大，见过青草会开出美丽的花，结出鲜美的果吗？女孩凝视着远方，我现在是没见过青草会开花结果，可是我相信，不久的将来，我一定会看见青草开花结果。亲朋好友说她中了邪，青天白日说胡话。她的母亲看在眼里，疼在心里。没事时，母亲总会跑到阳台，看着那些青草出神。母亲想，她必须保护女儿，一定要帮女儿实现心愿，让青草开花结果。想着想着，母亲笑了。

突然有一天，女孩在阳台上大叫，妈，快来看，快来看呀，青草真的开花了，好漂亮呀。母亲闻声而出，望着青草上那些鲜艳的花喜极而泣，女孩搂着母亲又蹦又跳。

妈，我没骗你吧？

嗯，嗯，女儿哪能骗妈呢。

妈，青草开花之后肯定就会结果，对不对？

对！对！肯定会结果。

女孩正沉浸在巨大的喜悦中，叮铃铃，叮铃铃门铃猛然响起。女孩趿着拖鞋，跑去开门。门外站着酷似男孩的男孩，手里捧着99束玫瑰。

（发 2017 年 8 月 17 日发《咸宁周刊》）

◀ 姐姐的新朋友

姐姐打电话告诉我，她离婚了，语气竟然是欢天喜地的。

我很惊讶，几个月前，姐夫要离婚，姐姐一把鼻涕一把眼泪哀求姐夫不要离婚，说什么只要姐夫不离婚，她愿意一辈子做牛做马服侍他。

姐姐这次却一反常态，我的心不由往下一沉。会不会是姐夫为了达到离婚的目的，对姐姐使用了什么狠毒的手段致使姐神经错乱，或者逼姐姐服用了什么迷魂药？

肯定是的！姐夫太可恶了，我非得替姐出这口恶气才行。

我径直冲到姐夫的办公室，劈头盖脸大骂他是陈世美，说他禽兽不如，竟然使用卑鄙的手段残害我的姐姐……

姐夫被我骂得脸一阵红一阵白，几次想插嘴，我硬是没有给他机会。

我骂累了才停下来，坐在那喘粗气。

姐夫这个伪君子殷勤地递上一杯茶，姨妹子，骂累了吧，喝杯茶。

我哼了一声，把脸扭向一边。

姨妹子，天大的冤枉，这次离婚是你姐自动提出来的，你怎么能不分青红皂白……

我心里气呀，这话对陌生人说还行，跟我说不是滑天下之大稽吗？我姐是什么人，我还能不知道？一个为了爱连自尊都可以抛弃的女人能主动提出离婚？

姐夫苦笑一声，姨妹子，你冷静一点，天地良心，这次确是你姐要离的。这些天，我一直在思考这个问题，你姐到底中了什么魔，怎么突然换了一个人似的……

伪君子！可恶！肯定是你搞的鬼，想方设法折磨我姐，迫使她的神经错乱。你死后肯定要下十八层地狱！说完，我摔门而出。

姐，我可怜的姐，你现在到底怎么样了？

见到姐时，我大吃一惊。天啦，眼前站的是我姐么？几个月不见，怎么变得连我都不敢认了。

我的心一阵痉挛，泪不争气地在眼眶里打转，哽咽着说，姐，你没事吧？

姐一脸的迷茫，吃惊地问：妹妹，你怎么了？

我更加心疼，姐是真的糊涂了，竟然不知道我为什么难过。我的泪吧嗒吧嗒往下掉。

妹，别难过，人生没有过不去的坎。

姐……我忍不住失声痛哭起来。

妹，快告诉姐，谁欺负你了？谁欺负你了？姐姐摇着我的肩问。

我懵了。

妹，快告诉姐，姐都急死了！

好久我才讷讷地说：姐，没人欺负我。

没人欺负你，干嘛这么难过？

我是为你难过呀，姐。

为我难过？

姐，离婚把你气糊涂了，我能不难过吗？

姐一听乐了，傻妹妹，你听谁说的，我被离婚气糊涂了？

我一把把姐拉到镜前，指着镜中的人说，姐，你看看，镜中人还是我姐吗？我姐穿着朴素，从不扑粉描红，更不会穿低胸性感的衣服……

姐打断了我的话，镜中的人不青春、不阳光、不漂亮吗？

几个"不"问得我哑口无言，好半天，我才说，漂亮是漂亮，可这些都是你以前最反感的呀。停顿了一会，我又继续说，姐，你是不是气糊涂了？

姐一听，哈哈大笑起来。

姐，你没事吧？我暗自责备自己说话太过尖锐，在姐的伤口上撒盐。

姐笑得眼中全是水，一边笑一边问，妹，你看姐像伤心过度的样子吗？

我无语。

姐笑够了，一脸神秘地凑近我，妹，姐最近结识了一位新朋友……

我恍然大悟，姐原来有了心仪的人，怪不得主动离婚呢。我急着追问：他是谁？

走，我带你去认识一下。姐边说边拉着我往卧室走。

我一脸迷茫，闹了半天，姐竟然把心仪的人藏在自己的卧室！我真的该对姐刮目相看了。

姐微笑着指着一个小书橱说，喏，就是它。

他？

对呀！他藏在里面呢。

姐，别故弄玄虚了，快把他请出来，让我认识认识。

妹，你想认识谁呀？

你的新朋友呀！

哈哈……姐笑得前翻后仰。

傻妹妹呀，什么新朋友呀，跟你闹着玩呢。这段时间，我阅读了大量的书籍，懂得人要自尊自爱，同时也明白了放弃也是一种爱，给对方机会其实也是给自己的机会。妹妹，姐说得对吗？

（发 2017 年 11 月 16 日发《咸宁周刊》第 7 期）

◀悄悄话
....

晚饭刚下肚，村里的每家每户便关上门，熄掉原本昏暗的灯，呼呼去了。那些漏风的窗户就像一个个黑洞，眼睛睁得再大，也看不见什么。只听见里面传出老鼠的窸窣声，轻得那纸片一样的鼾声，偶尔也会发出沉重的叹息声，让人感到沉闷，窒息。

刘雪儿躺在床上，想着白天跟妈妈的通话，怎么也睡不着。

她侧耳听听，奶奶的房间很静，静得能听见奶奶的呼吸声，估计已经进入了梦乡。她不敢开灯，摸索着起床穿衣，踮起脚跟来到堂屋，悄悄开门，走到外面。她抬起头，镰刀般的月亮在众星的追捧下，缓缓在天空流动。

她常听说奶奶说，月亮里住着仙女嫦娥。她盯着月亮细细看，月亮里真的坐着一位身材窈窕的女子，肯定是奶奶说的嫦娥。

她望着月亮，弱弱地问：嫦娥姐姐，我想跟您说说悄悄话，可以吗?

她注意到,月亮中的嫦娥似乎点了点头。

她的话匣子一打开,犹如山涧的溪流,在夜色里流淌开来。

嫦娥姐姐,今天妈妈从城里打来电话,由于疫情的原因,不回家过年了。老师也说疫情严峻,要注重防疫,出门要戴口罩,不要到处乱跑。妈妈回家,车上肯定不安全,要是感染了病毒,那该怎么办呀。我不想妈妈有危险,又好想妈妈回家过年。我不知道怎么说,就不吭声。妈妈看我不说话,难过得哭了。我不想妈妈难过,跟妈妈撒谎说奶奶很好,我也很好,叫妈妈不要担心。挂了电话,我忍不住大哭起来。奶奶70多岁了,身体不好,老是生病,前几天又感冒了,发烧,吃不下饭。

嫦娥姐姐,我要照顾奶奶,还要做家务,上课总是想睡觉。我好想像别的孩子一样,天天和妈妈在一起呀。

嫦娥姐姐,这些话我不能对妈妈说,我怕妈妈会担心,会难过;我也不能对奶奶说,也怕奶奶难受……

她说着说着,鼻子一酸,又哭了起来。

雪儿,雪儿,你醒醒。奶奶边叫边摇晃着她。

她不能把梦中的事告诉奶奶,撒谎说梦见一只狼,追着要吃她,她吓哭了。

奶奶忙安抚她:雪儿别怕,奶奶会保护你的,快睡觉吧。

她发现光线暗淡了很多,心里咯噔一下,是不是嫦娥姐姐听了她的话,难过得掉眼泪?

她不想嫦娥姐姐难过,连忙笑着说:嫦娥姐姐,你不要难过。你能听我说话，我很开心呢。

月亮晃了晃，又亮堂了许多。她停了一会，鼓起腮帮子又开了口：嫦娥姐姐，奶奶说您是仙女，心肠好，法术大，我们凡人做不到的事，你都能做到。嫦娥姐姐，我想在梦里跟妈妈见一面，你能帮我吗？

她的耳边突然传来极温柔的声音：乖雪儿，我答应你，快去睡觉。

她连忙跪下，朝着月亮磕了几个响头：谢谢嫦娥姐姐，谢谢嫦娥姐姐。

妈妈面带微笑，真的站到她的面前。她笑呀，跳呀，搂着妈妈的脖子不撒手。

雪儿，雪儿，做什么好梦呀，笑得这么开心。

奶奶站在床前，笑眯眯地看着她。

她揉揉眼，一骨碌爬起床，搂住奶奶，狠狠地亲了两口。

（发《农村孩子报·作文大王》2021年6月第4期）

◀ 想当然

"前方 100 米左转……前方 50 米左转。"导航里传来女性纯正的普通话。50 米、20 米……张峰，好像没听见似的，方向盘一打驶入右边的公路。

"前方 100 米请调头……前方 50 米请调头。"导航里女性甜美的声音再次响起，50 米，40 米……张峰充耳不闻，把车稳稳停在直行的车道。

妻子小文皱皱眉头，没好气地问，你没听见导航的话？张峰满不在乎地说，我们家在北边，怎么可能向左转？导航也不是 100% 正确。

小文不再吭声，心里却不踏实，闭目养神一会儿，抬起身凑近看导航的指示方向，这一看，吓了一跳，离家的距离由原来的 825 公里变成了 856 公里。她急了，不满道：导航是卫星检测，怎么可能出错？你想当然了吧。

"想当然"三个字一出口，小文的心咯噔一下，一个男人高大的身影呼之欲出。

男人是公司业务经理，年轻有为，是女孩们追捧的对象。年底，公司的晚会上，男人邀请小文跳舞，小文受宠若惊。男人舞步娴熟，带着小文在舞池里飞旋，烧红了女孩们的眼。男人轻抚小文的蛮腰，附在她的耳边柔柔地叫着"小妹"。小文一脸羞涩，莺声燕语说自己一生中最遗憾的是没有亲哥，享受不到哥哥的呵护。看到别的女孩挽着哥哥温暖的手腕，好羡慕呀。男人笑着问，我的手腕够不够温暖？小文羞红了脸。

顺理成章，男人成了小文的哥哥，亲哥哥。男人每天嘘寒问暖，还时不时买些礼物送小文。小文感慨，有亲哥的感觉真好！同事就笑，亲哥？亲哥能有那么好，你想当然了吧？小文一脸自豪，才不是想当然呢。不是亲哥胜似亲哥，羡慕吧？同事摇头，摇出一脸的不屑。

转眼到了五一，老公的单位组织员工外出旅游，小文独自在家，窝在沙发里看韩剧，看着男女主人公卿卿我我，没来由地想到男人。恰在此时，手机响了，传来男人磁性十足的声音，妹妹，能不能出来陪哥走走？

小文正无聊，巴不得有人陪着出去走走。

男人带小文来到情缘酒吧，包厢里橘红色的灯光摇曳多姿，照得小文更加娇羞动人。男人抓过她的小手，眼睛里电流暗涌。小文的心怦怦乱跳，男人凑近小文的耳根，妹妹，哥对你怎么样？小文红着脸说：哥，你抓痛我了！男人放开她，不好意思笑笑：对不起呀，都是高兴惹的祸！来，我敬小妹一杯，算是赔罪。干杯！

小文抵挡不住男人如火的热情，左一个干杯，右一个干杯喝开了。不一会儿，小文就醉了。

第二天早上，小文吓了一跳，自己赤身裸体，旁边睡着同样赤身裸体的男人！她看着男人，大脑突然跳出同事的那句"你想当然了吧"，眼泪像决堤的水在脸上恣意流淌。

男人一脸愧色，狠狠地掴自己的脸，边掴边骂，混蛋！她是妹妹呀，你怎么……小文看着男人脸上的红手印，慌了，哭喊着：别打了，别打了……

男人不住手，流着泪说：哥犯了那么严重的错，该打！哥不是东西……

小文抓住男人的手，泪水哗哗地往下流：哥，别打了，妹……妹妹不怪你……

妹，你真的不怪哥？

哥，我的心好乱，你让我静静……

前方700米左转，导航里女性纯正的普通话拉回小文的思绪，她突然冲着老公大叫，你别想当然了！再这样下去，我们别想回家了！

张峰吓了一跳，扭头看看情绪激动的小文，稍加思考，把车靠路边停好，拿出地图仔细查看，不由得惊出一身冷汗，离家的距离越来越远，自己确确实实想当然了！

小文长吁了一口气，还好及时调头，继续想当然，也不知道什么时候能回家呢。她像是对老公又像是对自己说道。

（发 2020 年 12 月 19 日《吴江日报》）

◀懒人尤晖

尤晖很懒，用家乡话说"懒得烧蛇吃"。

到底懒成什么样子？他刷牙从不用杯子，挤出牙膏往牙刷上一抹，伸进嘴里猛刷几下，头歪到水龙头下接口水，仰起头"咕隆咕隆"两下，喷出，嘴一抹算完事。妻子问他，漱口怎么不用杯子？他反说，谁规定非得用杯子？他洗澡从不用浴巾，不用手搓，站在花洒上过一遍，摇一摇，抖落身上的水，衣服便往身上套。妻子好意提醒他这样容易得湿疹，他眼一翻，胡说！我从小就是这样，什么时候得过湿疹？吃虾从不剥皮，一只虾丢进嘴里，摇头晃脑吃得满嘴流油，名其曰更营养……他懒的同事三天三夜也说不完，妻子劝说无效，只能听之任之。

随着生活水平的提高，他家也成了有车族。他把懒发扬光大，能不动手绝不动手，能不动脚绝不动脚。每次路遇红灯，他从不拉手刹，也不挂挡，就是踩住刹车。刚开始，妻子没学驾驶，不知道这样操作存在安全隐患。妻拿了驾照后，开始在他耳边游说其中的利害关系，人命关天，不可儿戏。他振振有词，短短的几十秒，又是拉手刹，又是挂空挡，麻烦不说，再次启动费油呢。妻子恨得牙痒痒，却又无可奈何。每次出门，妻子嘱咐他红灯处一定要踩刹车，拉手刷，拉空挡。他要是不答应，妻子便不让他出门。尽管如此，他走后，妻子的心还是悬着，直到他安全到家才落地。

妻子担心他的安危，他不感动也就算了，反而取笑妻子操空头心，踩稳刹车，能出什么事？开车也有好几年了，什么时候出过事？开车技术过硬得很，车子从未有过闪失。妻子嘴里不说，心里不得不承认他说的是事实，慢慢地，也就懒得管他。

有一次，不知是吃东西过敏，还是得了皮肤病，全身奇痒无比，不得不去看医生。原本是妻子开车，他嫌开得太慢，途中执意把妻子赶下驾驶室。车子开到医院附近的十字路口，刚好是红灯，他还像以前一样，懒得拉手刹，挂空挡，只踩住刹车。这时候后背突然奇痒难忍，他眉头打了结，用背抵住椅子上下摩擦。越摩擦越痒，他忍不住反过手伸进后背抓痒。他只顾着抓痒，踩在刹车上的右脚，不知不觉松开了。妻子看见车往前移动，急得大叫，快踩刹车！快踩刹车！他慌忙去踩刹车，车不但没停下来，反而如离弦之箭射了出去。匆忙间他错把油门当刹车，等到他发现为时已晚，尖叫声在耳边猛然炸响，一团红色的裙子离地而起，随后重重地落在车前 2 米左右的地方。

受伤的是一位 13 岁左右的女中学生，幸喜他反应快，脚秒离油门，踩住了刹车；幸喜车子性能好，刹车相当灵敏；幸喜离医院近，女孩得到及时抢救，脱离了危险。

那次回家后，他倒在床上不吃不喝，盯着天花板出神。两天两夜零两个小时后，他面无表情起床，找妻子要了一块浴巾，走进冲凉间，砰的一声把门关上。他打开花洒喷湿全身，破天荒把全身上下抹上沐浴露，来来回回反复搓擦。皮肤擦红了，擦痛了，他也不肯停手，咬着牙关继续用力搓，用力擦。

（发2019年7月12日《中山驾协报》，发2021年7月25日《番禺日报》）

◀ 有这么一位女孩

我失恋了，一病不起，卧床的第三天，表姐来了。

表姐进门就说，表妹，我打听到一个地方，不但好玩，而且能治好你的病，这几天我正好休假，我们去玩玩？

我把头摇得像风中的树叶，有气无力地说，表姐，你别开玩笑了，有这么神奇的地方吗？

有呀，我一个同事病了，去了一趟后，回来真的好了。

母亲听说后，非逼着我去不可，不想违背母亲，只好前往。

一路上，我很少说话，表姐搂着我，表妹，我给你讲一个女孩的故事吧！

女孩很漂亮，读大学的时候，跟同班一个很帅气的男孩相恋了。毕业的那一年，正当女孩憧憬美好未来的时候，男孩抵不住金钱的诱惑，拜倒在大款千金的石榴裙下。女孩大哭了三天三夜，然后擦干眼泪，背起行囊，回到了自己的家乡。

女孩是学经济管理学的，对市场进行考察一番后，做了一个大胆的决定，开店！自己不是失恋了吗？干脆开一个"失恋专卖

第三辑　有温度的谎言

服装店"，店门只为失恋者敞开。

女孩作出这个决定，父母都不赞成，谁失恋了还有心情来买服装呢？可女孩不这样认为，她郑重向父母承诺，一定会经营好这个店，不但要生意兴隆，还要帮忙失恋的人从痛苦中走出来。

父母拗不过她，只好由着她。女孩马上筹集资金，短短的半个月运筹帷幄，一个"失恋专卖店"应运而生。

起初规模不大，门面仅十几个平方，女孩一个人既是老板又是服务员。女孩做生意讲诚信，讲质量，服务态度热情周到，更可贵的是女孩很真诚，顾客好奇店名的来源，她便把自己失恋创业的事情如实相告，并鼓励失恋的人振作起来，学会放手，迎接全新的世界。第一个月首战告捷，净赚近两千元。

女孩为了让更多的失恋者走了进来，绞尽脑汁又想出了一个好办法，凡是来店里的顾客，不管买不买衣服，离开时都免费奉上一个红包，这一招果然奏效，生意慢慢红火起来，小小的门面根本容纳不了如潮的顾客。

女孩为了满足顾客的需求，扩大了店面，招聘了同等数量的男女服务生，还对他（她）们进行了心理及服务上的专业培训。店里明文规定，遇到好奇心的客人，打听店名的来历，服务员不得以任何理由拒绝，必须如实相告，另外服务员接待顾客时，必须讲究其艺术性，用润物细无声的态度，送失恋顾客一缕春风，温暖那颗受伤的心，帮忙顾客拂去心头的阴霾。

"失恋专卖店"的名气越来越大，外市失恋者来了；本市没有失恋的人，竟也冒充失恋者来了，店里生意异常火爆，她励志创业的故事也传遍了大街小巷。

她又开了几家连锁店，生意做得风生水起。一天，她正规划着带领店员们走出市，跨出省，走向全国的时候，一个女服务员气喘吁吁找到她，喘息着告诉她，一位失恋的男顾客，满身酒气，点名要见她，并大言不惭地说他是老板最爱的人等。

她懵了，男顾客是移情别恋的前男友！

我听到这里，突然挣脱表姐的拥抱，打断表姐的话，这是真实的故事吗？

表姐重重地点点头。

我沉默了，暗自佩服女孩真勇敢，能坦然面对失恋，哪像自己，被失恋折腾得不像个人样……正想得出神，表姐附在我耳边笑着问，表妹，想什么呢？

我红了脸，在想……在想在想那个红包里到底是什么？

天机不可泄露哟！表姐一脸诡异。

我更好奇，恨不得插翅飞到"失恋专卖店"，揭开红包的秘密。经过一天一夜的奔波，终于来到了旅游的城市。表姐却闭口不谈"失恋专卖店"，带着我直奔景点，玩得不亦乐乎。刚开始时，我心里有怨气，怨表姐不顾我的感受，慢慢地我被美景所吸引，心情随之大好，早把失恋服装店置之脑后。等到想起时，表姐的假期已满，不得不打道回府。

返回的途中，我又想起了故事中的那个女孩，想起那个红包，心里满满的全是遗憾。

表姐似乎看穿了我的心，笑着说，表妹，故事你已经听过了，至于那红包呢？是女孩亲笔写的一句话："被人抛弃不可怕，可怕的是自己抛弃自己。"

（发 2018 年 1 月 21 日《中山日报》）

◀ 与菩萨相遇

我醒过来，第一个反应是"快跑"。

我爬起床，感觉右手像是被什么东西扯住了，难道被铐住了？低头一看，手背上插着针管，药液正随着均匀的滴答声，通过黄色的胶管缓缓流入我的体内，原来在输液！

我轻吁了一口气，重又躺下，开始打量四周，白色的床单、白色的墙壁、白色的天花板，怎么到医院来了？

我正疑惑，"吱呀"一声门开了，耳边传来女性轻柔的声音，你醒了？

进来的是一位中年妇女，穿着白大褂，衣服上印着"高密市人民医院"几个红色小字，我大吃一惊，天啦，怎么会是她？

一个小时前，我拖着疼痛的双腿，随着拥挤的人流，漫无目的地在大街上慢腾腾走。已经整整两天没吃饭，肚子饿得咕咕直叫，眼冒金星间，我壮起胆子，一只手伸进旁边阿姨的背包。手指刚触到钱包，双手被阿姨死死抓住。疼痛、饥饿，羞辱狠狠向我袭来，我身子一软，晕了过去。

原来阿姨是医生。她不把我送派出所，还帮我治病，想干嘛？

她似乎看透了我的心思，笑着打趣道，孩子，原本应该把你送进派出所，偏偏阿姨是个医生，更头疼的是阿姨见不得病人，见到病人就想着治病。你呀，运气大大的好！

我低着头，不说话。

孩子，我给你检查过，你的病不能再拖，我得尽快联系你的爸妈。

我面无表情，紧咬着嘴唇。

她皱了皱眉，自言自语道，难道是哑巴？转身拿过一张纸，刷刷地写开了。我目光呆滞，雕塑一般坐着，视纸条为空气，她没辙，叮嘱陪护好好照顾我后，离开了。

她走后，我闭上眼睛装睡，陪护以为我睡着了，去忙别的事情。我拔掉手上的针管，一跃而起，正准备开溜，听到门响，赶紧躺下装睡。她走了进来，看一眼散落床上的针管，箭步上前，抓住我的手，吃惊地问，你想干嘛？

她用力很大，手指恨不得掐进我的骨头里，我疼得大叫，好痛，松开我。

原来你小子装哑巴呀，快告诉我爸妈的联系电话！

我被问急了，脱口而出，我没爸爸，也没妈妈！

她松开手，呆呆地看了我几秒，拥过我，孩子，没事，没事。你的病不能再拖了，答应阿姨，治好病再走，好吗？

我挣脱拥抱，冲她嚷，我得的是骨肉瘤，治不好的。

谁告诉你的？

我不吭声。

她不生气，柔声说，孩子，你运气好，我正好是骨伤科主治医生，经过诊断，你的病只是疑似骨肉瘤，一段时间的治疗后完全可以康复。

我不吭声，心里却波涛暗涌，她说的是真的吗？我是小偷，又没钱，她又不是菩萨，怎会那么好心帮我治病呢？常听大人们说，医院里一些医生没医德，总是想方设法从病人身上赚更多的钱，难道？肯定是，怪不得她一个劲问我爸爸妈妈的电话！不行！我不能停在这里，得找机会逃走。

那晚午夜时分，趁陪护瞌睡的时候，我又想溜走，门外突然传来脚步声，吓得我赶紧躺下装睡。她走了进来，跟陪护了解我的情况后，正准备离开，陪护叫住了她，艾医生，我能说句不该说的话吗？

说吧。

艾医生，您已经为这个孩子花好几千了，像他这种病，不是一时半会儿就能治好，后期还得花更多的钱……

她笑着打断陪护的话，谢谢您！孩子没有爸爸，也没有妈妈，我哪能不管。至于钱的问题，慢慢想办法吧，到时候我可以通过网络，向社会上爱心人士发起捐款。

她是真的要帮我治病呀，我却……我鼻子一酸，翻身坐起，哽咽着说，艾阿姨，我说了假话，我有爸爸，也有妈妈。

我把记忆倒回到一个月前的夜晚。

我睡到半夜的时候，尿急，起床小便，走到门口，听见爸爸和妈妈正轻声谈论着我。我想知道他们说些什么，走近偷听，这才知道自己得了骨肉瘤，治疗需要很多钱。家里穷得叮当响，哪来钱给我治病？爸爸叹气，妈妈哭泣，我恨死自己，好好的干嘛要生病？我不要爸爸妈妈难受，趁爸爸妈妈睡着了，偷偷跑了出来。阿姨，我身上没钱，实在太饿……

我说着说着放声大哭起来。

她拥过我，孩子，不哭不哭。阿姨告诉你，骨肉瘤是误诊，你只是关节处发炎，没有得到及时的治疗，导致溃烂。我们医院医疗设备齐备，对骨伤科很有研究，已经治好不少这样的病人，阿姨有信心治好你。至于钱的事，阿姨会帮你想办法的。

我扑通一声跪了下来，阿姨，您真好，您……您……

我一时语塞，脸憋得通红，半晌后粗着脖子说，您……您像菩萨那么好。

（发 2017 年《湘乡文学》第 3 期）

◀ 画中人

谢道韵捧着陶瓷杯，越看越喜欢。

她是初一的班主任兼语文老师，工作认真负责，一直秉承着严师出高徒的育人理念。因性格耿直，管理时常常碰钉子。她委屈，却无处诉说，杯子便成了她的忠实听者。

班上的吴小宝顽劣，家长也蛮不讲理，她时常气得直掉眼泪。有一天，她捧着杯子，诉说着吴小宝的事，眼泪像成串的珠子，一滴接一滴落到杯子上。当第十滴眼泪叮咚一声落到杯子上时，疲倦感突然袭来，她头一歪，睡着了。

第三间课间休息，吴小宝对同学郝仁拳打脚踢，打得郝仁趴在地上求饶。她来上第四节课，走进教室，刚好看到这一幕。她很生气，批评吴小宝不该以强欺弱，殴打同学。没想到，吴小宝白眼一翻，说他根本没打同学，质问她为什么要冤枉他？她很吃惊。亲眼所见，怎么可能有错？

课后，她回到办公室，正想着该如何处理吴小宝的事，吴小宝妈妈的电话来了。原来，小宝下课后，向妈妈投诉谢老师冤枉他打同学。她跟小宝妈妈解释，小宝妈妈根本听不进去，一个劲质问她为什么要冤枉小宝？！

常听老师们谈论，每个问题孩子的背后，都站着有问题的家长。以前她质疑过，现在深信不疑。她暗下决心，一定要好好教育小宝，引导小宝树立正确的人生观。

她把小宝叫到办公室，耐心说服教育，希望小宝能承认错。没想到小宝一口咬定根本没有犯错。她气极，让小宝站着，好好反省。小宝歪着头，斜着眼，身子像风中的秋千，左右摇晃。她抓住小宝，让他立正。小宝甩开她，谁料用力过猛，身子失去平衡，摔倒在地。

恰在此时，小宝的妈妈来了。小宝看见妈妈，哗的一声大哭起来，边哭边说谢老师把他摔倒在地，还打他。

小宝妈妈不听她解释，狠瞪她一眼，拉着小宝，直奔校长办公室。校长当即找到她，批评她太冲动，叫她给小宝妈妈道歉。

她气昏了头，质问道："校长，我凭什么道歉？吴小宝错在打人，错在说谎，错在目无师长，于情于理都应该接受惩罚。如果不惩罚他，他意识不到错；意识不到错，以后还会犯同样的错！这样不是误人子弟吗？更何况，我只是让他站着反省，并没有打他呀，何错之有？"

她不等校长开口，扭过头对小宝妈妈说："小宝妈妈，我帮你教育孩子，你不感谢倒也罢了，怎么能听信孩子的一面之词，冤枉我，找校长投诉我呢？你给孩子树立这样的榜样，你就不怕害了孩子吗？你爱孩子没错，没有原则地爱……"

校长急了，低声吼道："谢老师，你能不能少说两句？"

她怔了片刻，苦笑道："校长，幸好我不是谢老师！"

"你说什么？"校长一脸惊讶。

"校长，您听我说。"

我本是东晋时期的谢道韫，从小的梦想是做先生。那时候女子无才便是德，怎容得下女子当先生？父亲非常宠我，为了满足我的愿望，暗中打通关卡，让我女扮男装，到一所私塾做一天先生过过瘾。我从私塾回家后就病了，病情一天比一天严重，人一天比一天消瘦。郎中诊断不出我得了什么病，父亲便断定我中了邪，请了身怀绝技的道长帮我驱邪。道长隔着帘子替我诊脉，说我并非中邪，只是当先生不成，积郁成疾。道长作法，把我的画像穿越到未来1700年的一个陶瓷杯上。道长告诉我，有一位模样跟我神似，叫谢道韵的老师会买下杯子，并用十滴泪激活我的灵魂……

"谢老师，没想到你挺会编故事呀。"校长打断她。

"校长，我说的全是真的。临行前，道长还传授我催眠术和障眼法。我的灵魂被激活后，我催眠了谢老师，并用障眼法把她隐藏起来。不过您放心，谢老师很好，没受到任何伤害。原本想顶替谢老师，过一段时间的老师瘾，现在兴趣全无，我回去了。"她说完，脚尖一点，身子像张画般飘飘荡荡落进杯子的空白处，杯子上立刻出现一幅古典美女画，秀眉紧蹙，眼里噙满泪水。

校长正惊讶间，谢老师揉着眼睛，从办公室的角落走了出来。

（发《荷风》2022年春夏卷）

第四辑

孔雀开屏

◀孔雀开屏

　　男人站在阳台上，吸一口烟，尔后缓缓吐出，烟雾呈S形上升至头顶，向四周散开。

　　"孔雀开屏了！"女人来到男人的身边，幽幽地说。

　　男人没听清女人的话，回过头，吃惊地问："你说什么？"

　　女人皱皱眉，噘着嘴："没听清就算了。"说完扭着腰进了房间。

　　第二天傍晚，男人正在阳台上吞云吐雾，女人叹口气，说："孔雀开屏了！"

　　男人想问女人是什么意思，当眼睛对上女人阴沉的脸时，到嘴的话哧溜一声滑进喉咙，落进肚里。男人心想，就女人的脾气，这时候问就是自讨没趣，还是等女人心情好的时候再问。那天晚上，女人的脸没有晴过，男人没机会开口。

　　男人是老板，身家几千万。女人放下打拼的事业，融入富太太的行列，整日里忙于打牌，唱K，孩子都懒得管。男人的公司越做越大，女人看着帅气的男人，心悬了起来。有一次，女人跟男人半开玩笑半认真地说："亲爱的，你长这么帅，又这么有钱，肯定有不少女人投怀送抱吧？"男人笑着说："有呀，不过我的心很小，只容得下老婆。"女人用小手擂着男人的胸脯咯咯地笑："宁信世上有鬼，也不要相信男人的破嘴。"那次后，女人总是疑神疑鬼，男人去应酬，女人会查岗。回家后会闻男人衣服上有没有香味，会检查男人手机上有没有暧昧的信息……男人身心疲惫。

大约一星期后，男人晚饭后来到阳台，深吸一口烟，缓缓吐出，女人冷不丁出现在男人的身边，阴阳怪气地问："孔雀开屏一定很美吧？"

男人回过头问："老婆，什么意思？"

"你不知道孔雀开屏什么意思？"

男人当然知道，雄性孔雀开屏大多是为了吸引雌性孔雀的关注，是示爱。可男人和女人生在南方，长在南方，从未亲眼见过孔雀开屏，也从没讨论过孔雀开屏的事。男人想了想，老实地说："老婆，我肯定知道孔雀为什么开屏，可是……"

女人柳眉倒竖，嘴里喷出一团火："我问你，你到阳台去干什么？"

"抽烟呀。"

"就抽烟？"

"嗯。"

"你敢说你不是为看对面弹琴的女子？"女人冷笑。

男人看向对面，女子一袭白色连衣长裙，长发犹如黑色绸缎在曼妙的腰肢上飘荡，纤细的双指在键盘上跳着优美的舞蹈。男人瞬间明白女人话里的意思了，扑哧一声笑了："老婆，你说的孔雀开屏，指对面弹琴的美女？"

"有什么好笑的？孔雀开屏是为了吸引异性，女子弹琴也是为了引起异性关注，道理是一样的。"

男人笑得更厉害："老婆，你的意思，对面的女子弹琴是为了吸引我？"

"别嬉皮笑脸的！我问你，这几天你天天很晚回家，干嘛去了？"

"忙公司呀。"

"早不忙晚不忙，单单这几天忙得连家都不回……"女人越说越气愤，好看的瓜子脸由白变红，再由红变紫，最后黑得像泼了层墨汁。

男人告诉女人，前几天联系到一笔几千万的大单，可以帮公司扩大业务。他忙着谈合同……

"你忙得不归家，对面的女子没有出来弹琴；你一回家，她马上出现，你说奇怪不奇怪？"

"这有什么好奇怪的，可能是碰巧吧。"

"碰巧？骗鬼吧。"

"老婆，我满脑子都是公司的事……"

"哈哈……"

女人大笑起来，笑得眼里全是泪花。男人说他的心思真的全在公司上，根本没有时间想别的。男人说得口干舌燥，女人不信。男人终于失去耐心，对着女人吼道："爱信不信！"

"你……你竟然吼我！"

"你无理取闹，吼你两句怎么了？"

"你迷上狐狸精，我说你几句叫无理取闹？"

"我看你就是闲得慌，整天胡思乱想，对面女子弹琴成了孔雀开屏。我每天在外面跑，会接触到很多的女人，她们容颜出众，多才多艺。她们施展才艺的时候，是不是也是孔雀开屏？还有公共场所那些女人，打扮得花枝招展，她们是不是也在孔雀开屏？"

女人怔住，半晌才回过神。她一个字也没说，砰的一声，把自己关进了卧室。

第二天清早，女人精心打扮了一番，拿上简历，走出了家门。

男人望着女人的背影，嘴角浮起一丝笑容。其实那个弹琴的女子是他特意安排的。

（发《雪花》2023 年第一期，2023 年《小小说选刊》第 2 期转载）

驻村"第一书记"的日记

1 月 15 日

我来到父亲的坟前,心像刀割一般疼。

父亲曾是乡供销社的主任,为了村民早日富起来,在供销社和山村不分昼夜奔波。我七岁那年,父亲在回村的路上遭遇泥石流,不幸遇难。

我叫声"父亲",眼泪吧嗒吧嗒往下掉。我抽泣着告诉父亲,我谢绝留校,毛遂自荐到山村担任驻村"第一书记",一定会带村民富起来。

父亲,你听到了吗?

1 月 28 日

我和村干部对山村经过十几天的考察,经过研究决定,利用山村有利地形带领村民散养猪、鸡,种有机蔬菜。

我没想到的是,村民极力反对。理由是鸡、猪和蔬菜根本卖不出去。我拍胸保证,销售的事包我身上。

我话音刚落,吴奶奶撇着嘴说,你一个小丫头,能有多大的能耐?要是猪、鸡,蔬菜卖不出去,大家不是白忙活了?吴奶奶年轻时是村主任,在村里威望极高。大家一听吴奶奶的话,跟着起哄,刘浪叫得最厉害。刘浪平时游手好闲,除了打牌,啥都不干。

我解释说我读的专业是畜牧业，专门研究如何科学养猪、鸡、牛、马等，我会提供养殖技术。另外我是"第一书记"，国家是坚强的后盾，销售自然不成问题。

吴奶奶哈哈大笑，笑得背都弯了。刘浪趁机凑到我的面前，嬉笑道，小丫头，别逞能了，哪里来回哪里去。

我真的很委屈，泪水在眼眶里打转。好心想带村民富起来，村民不领情也就算了，还为难嘲讽我，我这是何苦呢，回吧回吧。转身的刹那间，我想到父亲，又打消了念头。

我暗暗告诫自己，别忘了来时的初心。

2月2日

白天我挨家挨户做工作，走烂了鞋底，磨破了嘴唇，一点用也没有。晚上回到家，我趴到床上放声大哭。跟村民讲道理，真是秀才遇到兵，我很无助。信念再次动摇，很想一走了之。

可想到父亲时，我又擦干眼泪，告诉自己不抛弃，不放弃，坚持就是胜利。

4月16日

我的真诚最终打动了村民，村民们开始养鸡、养猪，种有机蔬菜，忙得不亦乐乎。

我暗暗松了一口气，终于可以睡个安稳觉了。没想到的是，我还没睡醒，门砰砰响了起来。

刘浪家的鸡病了，叫嚷着如果鸡死了，要我赔偿全部损失。我马上安抚刘浪，鸡要是真有事，一切损失由我承担。

刘浪告诉我，昨天张二婶生日，他把吃剩的肉鱼之类倒回家喂了鸡。没想到，今天鸡就病了。

我精心护理鸡，不敢离开一步。傍晚时分，肚子咕咕叫时，我才想起已经一天没有吃东西。刘浪看着慢慢好转的鸡，红着脸，挠挠头一个劲跟我道歉。我心里悬着的一块石头落了地。

11 月 6 日

鸡、猪长势喜人，再过一段时间该出售了。那时候，大把大把的钞票流进村民的口袋，村民该是何等的激动呀。

我正憧憬着美好时，突然接到陈老板的电话。陈老板说有商家愿意以低于 5 元的价格把猪肉卖给他。他觉得亏了，想毁约。

我一听，一颗火热的心掉进了冰窖里。要是每斤降 5 元，那不等于用刀剐村民身上的肉呀。我火急火燎找到陈老板，陈老板双手一摊，商人以营利为目的，谁给的价低，他就买谁的。

我好话说尽，只差跪下来求陈老板。陈老板却端起酒杯，笑着说，小姑娘，你陪我喝几杯，我再考虑考虑。

我稍加思考，端起酒杯说，好，不醉不归。

陈老板见状，一把夺下我的酒杯，笑着说：小姑娘，跟你开玩笑，你还当真了呀。你真是难得的好书记，我决定猪肉按合同上的价格一分不多。

我笑了，笑得眼里全是泪。

12 月 28 日

我买了菜、酒，来到父亲的坟前。

我倒上一杯酒，说，父亲，告诉你一个好消息，猪、鸡，蔬菜都卖出去了，村民的口袋里有了钱，可开心了。那些外出打工的年轻人，都急着往家赶。现在大家对我很好，一口一个书记叫得可亲啦。

父亲呀，以前穷，你没有过上一天好日子。今天女儿给你买了好菜，备了好酒，你就好好地吃上一顿。父亲，你在哪，你快出来吃菜，喝酒呀。

（发 2024 年 1 月 28 日《番禺日报》）

◀ 三生三世

一生一世

我没想到会掉进猎人的陷阱，更没想到会被杀！

我看见猎人拿着寒光闪闪的刀逼近，急得哭喊起来：亲爱的
猎人，请你不要杀我，我是你的朋友，你的朋友呀。猎人不知道
是没听懂，还是根本没听得见，大笑着把刀刺进我的脖子。

黑白无常把我拉进阎王殿，我跪在殿前，哭得撕心裂肺。阎
王问我为何哭泣？我说我把猎人当朋友，猎人却视我为仇敌。阎
王叹口气，劝我别哭了，要怪就怪自己不小心掉进陷阱，成了猎
物；要怪就怪一些同类残害过人类，跟人类结下了梁子。我哭着
说同类是同类，我是我，我从没做过伤害人类的事呀。阎王，你
可以去调查，看看我有没有说谎。

阎王大手一挥，我相信你。你确实死得很冤。这样吧，念在
你善良的份上，为你破例一次，投胎转世由你自己选择吧。

我是一只老虎。老虎的代名字，凶恶，吃人不眨眼，转世绝

不能投胎老虎。我思考良久，选择投胎美丽圣洁让人喜爱的天鹅。

二生二世

我第一次学说话，声音婉转悠扬，母亲夸我天生就是唱歌家。我没让母亲失望，唱歌无师自通，歌声悠扬，犹如天籁。

有一次，我和伙伴到湖上玩耍，行人如织，湖边的杨柳随风摆动着腰肢，展示自己的妩媚。我也不甘落后，亮起歌喉，用婉转柔美的歌声锁住行人的脚步。一个小女孩仰起如花的笑脸，指着我说：妈，那只天鹅真漂亮，唱歌好好听呀。我受到鼓舞，唱得更加卖力。我正唱得忘情，突感翅膀一麻，身子犹如落叶般飘向湖面，一只宽大的手掌稳稳地托住了我。粗糙的声音在我耳旁响起，终于能吃上天鹅肉了，哈哈……

黑白无常用铁链锁住我的亡灵来到阎王殿，我跪在殿前，哭声震天，阎王，我死得好冤呀。阎王叹口气，唉！你也别哭了，我会缉拿恶人，替你申冤。念你含冤的份上，再为你破例一次，自行选择投胎去吧。我知道事已至此，哭也没用，还是考虑考虑投胎转世吧。

我考虑再三，决定投胎做人。

三生三世

随着一声啼哭，我降世武陵，成了一名男婴。

我跟其他的人不一样，从小不喜欢吃肉，天生对野生动物有敬畏之心。小时候，我得了一种怪病，小便不断，用乡里的话说屙"麻拐尿"。妈妈打听到一个土方子，吃野生乌龟可以治好病。于是花大价钱，买了野生乌龟，无论妈妈怎么哄劝，我就是不吃。

慢慢地，我长大了，走入社会结识了各种各样的人。身边的那些吃货，话题一旦触及飞鸟虫兽，眼睛里好像装了100瓦的灯泡，喉咙里咕咚咕咚响个不停，我特别反感。

有一次同学聚会，有一道菜叫"别有洞天"。眼观类似球状，黄澄澄，特别赏心悦目；鼻嗅香气四溢，沁人心脾；一口咬下去，酥软，油而不腻。我大呼好吃，边吃边打听是什么菜。同学们一脸诡异，老班拖着长音说：要问这是什么菜，深山老林探究竟。我愣了愣，笑着摇摇头，瞎扯！

那次之后，我有事没事爱往那家餐馆跑，对那些奇葩的菜名莫名地青睐，什么"千年不遇"、什么"放飞心情"、什么"飞跃丛林"等，越奇葩我越喜欢，每次吃完咂咂嘴还意犹未尽。慢慢地，我爱上那家餐馆犹如爱上心爱的女孩，痴迷到"一日不见，如隔三秋"的程度。老板对我特别热情，每次推出新的奇葩菜，总会第一时间通知我，给我预备最好的包厢，还给我打八五折。

一天晚上，我吃了餐馆新推出的"五福临门"，几天后感到全身乏力，以为太疲劳，也没当回事。晚上睡到半夜的时候，发热咳嗽，到医院治疗时，医生已无力回天。

我又来到阎王殿，还没开口，阎王怒道：来呀，将这家伙下油锅！

我流下泪来，阎王呀，我一贯守纪奉法，老老实实做人……

阎王猛拍惊堂木，怒道：一派胡言！前两次你确实是冤死的，可你为人后，做了什么，这边都给你记得清清楚楚呢！

两个小鬼抬着烧得滚烫的油锅走上殿，我被扔进去的刹那，终于明白，以后生生世世，我是万劫不复了！

（发 2020 年 05 月 31 日《宝安日报》）

◀ 海底针

大山新婚才半年，老婆丫丫就病了，吃东西很少，整天没精打采。去了几家医院都查不出病因。

丫丫一天比一天消瘦，很快卧床不起。大山的父母急坏了，本指望早早地抱上孙子，丫丫一病，愿望便落空了。父母说丫丫肯定中了邪，商量着请大师做法驱邪。

大山认为大师那套驱邪的把戏是糊弄人的，死活不同意。父母趁他外出时，请来了大师。

大师坐在堂屋正中，手持桃木剑，闭着眼，嘴里念念有词。突然睁圆眼，猛地站起，手中的桃木剑左冲右突，仿佛在跟谁打斗似的。大约三分钟后，大师大叫道："妖精，哪里逃？"大师飞出堂屋，追进偏房，桃木剑落在偏房的铁笼子上。

铁笼子里盘卧着一条银蛇环，仰起头，吐着芯子，茫然地看着大师。

"大胆蛇精，竟敢伤人性命！"大师说完，挥剑劈向铁笼。

这时大山正好赶回，慌忙冲上前，抓住大师的剑："大叫，不要伤蛇。"

大师说蛇已成精，吸了丫丫的血。把蛇砍成七七四十九截，每天用七截熬汤给丫丫喝，七日后必定康复。

大山出生在偏远的山村，母亲生他的时候，正好在大山捡柴。父亲说这孩子跟大山有缘，就叫大山吧。

大山读完初中，父亲没有能力供他上学，不得不辍学。山里的年轻人都跑到城里打工，他偏喜欢大山，跟父亲采草药卖草药谋生。一天，他跟着父亲去采草药，看见一条小小的银环蛇受了伤，躺在地上奄奄一息。他心生怜悯，把蛇带回家疗伤。蛇好后，不愿离开。于是他做了一个铁笼子，把蛇养起来。每天早上起床，他总是第一时间跟蛇问好，白天采草药回家，也迫不及待跑去看蛇。蛇每次看见他，昂着头，吐着芯子，丝丝的声音急促而缠绵，那情形绝不亚于热恋中的情侣。

他恋蛇的事在山村一传开，女孩们怕蛇，都怕和他接触，更不愿意跟他谈恋爱，26岁了还是单身。父母急得四处求人做媒，他却没事一般，每天忙着采药，陪蛇聊天，训练蛇做各种各样的动作，日子过得悠然自得。

他认为一辈子打单身的时候，邻村的女孩丫丫主动找上门，表示愿意嫁他。丫丫的父母死活不同意，丫丫却铁了心，非他不嫁。

新婚那晚，他拥住丫丫："你怎么会看上我呢？"

丫丫笑得花枝乱颤，说："因为我是蛇精转世呀。"

大山搂紧丫丫："这辈子，下辈子，下下辈子，我一定会好好爱你，不让你受一丁点委屈。"

婚后，大山在丫丫和蛇的陪伴下，日子像掺了糖。没想到，这样的日子被丫丫的病扰乱了。

大山坚决不同意杀蛇。母亲指着他的鼻子骂开了："大山呀大山，你这个没良心，丫丫多好的一个姑娘，在你的心里还比不上一条蛇吗？"

大山很痛苦。他爱丫丫，也爱蛇，伤害谁他都不愿意。

丫丫的母亲气得直掉眼泪，哽咽道，"我女儿真是瞎了眼，怎么会嫁给你这个没良心的……"

丫丫劝母亲不要怪大山。蛇是大山从小喂养大的，不可能是蛇精。大师就是一派胡言！她生病与蛇无关，为什么要杀蛇呢？

丫丫越帮大山说话，大山的心越痛，越觉得对不起丫丫。

岳母听不进丫丫的劝，一边哭一边骂："孟大山，你给我听着，我的女儿要是有个三长两短，我……我非跟你拼命不可！"

大山想，丫丫要是真的有个三长两短，别说岳母饶不了他，他自己也饶不了自己呀。要是杀蛇真能治好丫丫……

大山咬咬牙，答应岳母第二天杀蛇。

那天晚上，大山陪着蛇，流着泪说："蛇呀蛇，我真的不忍心杀你。丫丫是我最亲的人，我实在是没办法呀。"

蛇好像听懂了他的话，芯子一伸一缩，好像在说："主人呀，不要难过，只要能治好丫丫，你就杀了我吧。"

大山读懂了蛇的话，很是自责，暗骂自己糊涂！自己也读过书，生病看医生，这么简单的道理难道也不懂？他趁大家睡熟后，悄悄把蛇放了。

第二天早上，大山意外地发现蛇躺在门前，浑身软软的，已没了生命。

母亲大喜，用蛇熬了汤，丫丫却不喝，无论怎么劝，都不听。

"丫丫这是自寻死路呀！"母亲摇头叹息道。

没想到第二天一早，丫丫翻身下了床。一段时间后，丫丫恢复如初。大家都说丫丫真是被蛇精缠住了，蛇一死，她就好了。

丫丫每次听到这些话，会不由自主望向大山，眼神慌乱，内心羞愧不已。

（发 2022 年 6 月 19 日《宝安日报》）

第四辑　孔雀开屏

◀偶　遇

　　他心神不宁，总感觉有什么事要发生，是什么事情？又想不出来。他站起来绕着客厅走两圈，觉得没趣，坐下；不到一分钟，他又站起，再走两圈又坐下……反复几次后，他便烦躁不已，于是决定到小区的翡翠湖边吹吹风，散散心。

　　他正凝视着湖水出神，耳边突然传来一个女人夸张的声音：哟，肖枫，湖里面是不是藏着宝贝呀。

　　他见是她，抚着胸口笑着说：向雨，大呼小叫想吓死我呀。这么晚了，你不好好陪老公，跑来这里干嘛？

　　她以手当扇，对着脸煽着风，说：鬼天气太热了，刚刚洗完澡，又是一身汗，好烦呀。我睡不着，出来走走。你呢？

　　"洗澡"？听见这两个字时，他似乎看见一个全裸女人，站在花洒下，任凭自来水在凹凸有致，雪白的身体上恣意地抚摸，亲吻。他望着她潮红的脸，不由得心旌摇曳，体内原始的本能蠢蠢欲动。

他跟她同在一个公司上班，他暗恋她，而她却全然不知，他只好把满腔的爱恋深深地埋在心底。没想到今晚跟她偶遇在翡翠湖，而她竟然跟他说她洗过澡。女人告诉男人刚洗了澡，言下之意是什么，再笨的人也能猜出来。

她看他半晌不说话，伸出手在他的眼前晃晃：喂，喂，肖枫，想什么呢？

他回过神，脸红得像天边的晚霞，幸好天暗，看不清他脸上的表情，要不然丢死人了。他咳嗽一声，笑着说：我在想呀，这么晚，你不在家陪老公，偷跑出来，是不是……有情况呀。

有你个头！什么偷跑呀，老公出差了。

他的心狂跳不已，刚才她暗示自己洗过澡，现在又告知老公不在家，意思再明白不过，嘿嘿……他差一点乐出了声。

请她去家里坐坐？太直接，不行！请她去宾馆？太冒昧，也不行！怎么办？突然他想起前天胃不舒服，家里正好有胃痛的药，眉头一皱，计上心来。

他暗中狠掐一把自己的大腿，大叫一声"哎哟"，随即捂着肚子蹲了下去。

肖枫，你怎么了？

好痛！

哪里痛？我送你去医院。

别。老毛病胃痛犯了，家里有备用药，你……你送我回家，吃几粒药就没事了。

好！

她扶他躺下后，急忙找来药，倒来开水。她怕水烫，启开樱桃小嘴吹吹，感觉水温刚刚好，这才放心让他喝下。她做这一切的时候，他一直闭着眼，紧锁着眉头，似乎正在忍受着巨大的痛苦。他服下药，大约一刻钟后，脸色渐渐缓和，眉头的结慢慢地松开。

　　她轻吁了一口气，柔声问道，好点了吗？

　　好多了。谢谢你。

　　没事我就放心了。她嘱咐他几句，正准备离开，他突然睁开眼，伸手拉住她：向……向雨，我……我……他欲言又止。

　　她重新在他的床边坐下，笑着说，需要我帮忙，吩咐便是，吞吞吐吐干吗？

　　我……我怕一会胃药再犯，你能再陪我一会吗？

　　我以为有什么大不了的事呢，好，那我再多陪你一会儿，反正老公也不在家。

　　他一听，心差一点蹦出嗓子眼，她又暗示她老公不在家！他心想，这女人真难懂，明明是寂寞难挨，有心于自己，偏偏装得若无其事。不过他转念一想，女人嘛，难免矜持，过于随便，害怕让人瞧不起。她这样做，无非是告诉自己，她不是那种轻浮的女子罢了。

　　这么一想，他以玩笑的口气笑着说，向雨，反正老公也不在家，干脆今晚在这里算了。

　　她立马站起来，那不行！孤男寡女待在一起，别人会说闲话的。我真该走了。说完站起来就走。

他暗骂自己不会说话，把一桩快到手的好事搅黄了。眼看她离门口越来越近，他急得不知如何是好。谁料，她突然停住，扭过头说：于枫，记下我的电话号码，胃病要是再犯，马上打我电话。

他心花怒放，她告诉他电话，肯定是为了他方便找她。他笑着摇摇头，女人真难懂！

她娇笑一声：走了，记得有事打电话。

第二天傍晚时分，他走到她家所在的楼栋，这才想起不知道她住在几楼，正准备电话问问，看见一个男人仰起头，冲着楼上大叫，向雨，在家吗？

二楼立马伸出一颗湿漉漉的脑袋，冲楼下喊，在家呢，我正在洗澡，一会儿就好，稍等。

他一听，拨打电话的那只手从手机上滑落。

（发12月11日《中山日报》）

◀ 马路上的爱情

吴仁娶了梅西施，刘俊非常惊讶。

梅西施，人如其名，美艳得让女人妒忌，让男人垂涎欲滴，追她的高富帅少说也有一个连，她为什么偏偏嫁了貌不惊人的吴仁？

刘俊长相英俊，且才高八斗，30岁还是单身狗一条。他听说吴仁娶了貌如天仙的梅西施，惊得眼镜碎落一地，连夜找吴仁追问缘由。

说起梅西施，吴仁的眼睛像安了夜明珠，闪闪发光，滔滔不绝说起相识的经过。

一年前，一天，吴仁去超市买东西，走到大街上，看见街心围着一堆人，挤进去一看，梅西施倒在血泊中，气息微弱，肇事的司机早已不知去向。情况非常危急，吴仁不顾旁人的劝阻，拦了一辆的士，立刻把西施送到医院抢救。医生说如果晚来几分钟，就算华佗再世，也无回天之力。西施伤好后，重金相谢，吴仁拒绝了。从那之后，西施有空就往吴仁的宿舍跑，帮他洗衣做饭，收拾房间。一段时间后，西施主动示爱，吴仁觉得配不上她，婉言相拒。西施当即表态，这一辈子除了吴仁谁也不嫁，吴仁执意不娶她，她宁愿削发为尼。

刘俊听后，欢天喜地地走了。

刘俊决定依葫芦画瓢，来个守街待爱。他勘察地形后，选定郊区的一段事故常发地为守候地点。每天下班后，他总是第一时间赶到那里守候。皇天不负有心人，机会终于来了！那天他在马路上闲逛，"吱……"刺耳的刹车声突然响起，一声尖叫，一条白色裙子在空中划出一道优美的弧线，然后落到地上。肇事司机愣了一瞬，突然加大马力，留下一股青烟，眨眼间没了踪影。

刘俊大喜，生怕别人抢了头功，冲进人群，背起女孩拦了一辆的士火速送往医院。女孩感激涕零，重金相谢，他婉言谢绝。心里却在盘算，女孩感激之余，肯定会表达爱意，然而他失算了。他不甘心，把吴仁的事编成故事讲给女孩听，女孩吃惊地睁大眼睛，盯着他看了好半天，然后笑着说：故事中的女孩真傻！爱情跟感恩怎么可以混为一谈？

刘俊郁闷透了，一脸沮丧找到吴仁，把遭遇讲了出来。

吴仁听后，哈哈大笑：老兄，亏你读了那么多圣贤书，竟然生出这么不切实际的想法。爱情这东西……

刘俊一听，不高兴了，阴着脸打断吴仁的话：别说得那么冠冕堂皇，你说你凭什么获得西施的爱，钱、权、还是颜值高？这些你有吗？

刘俊不等吴仁开口，气冲冲走了。回家的路上，他越想越窝火，费了那么大劲，没得到爱情倒也罢了，反而被吴仁好一顿奚落。吴仁，你得意什么？等到运气好转，遇上懂感恩的女孩，抱得美人归之日，非当众羞辱吴仁不可。

刘俊边走边想，边想边走，不由自主又来到郊区的事故常发地段。他抬起头，不远处一条火红的连衣裙莲步轻移，纤腰犹如风摆柳，性感撩人。他看得心旌摇曳，心头小鹿乱撞。多么想一辆飞驰的车从天而降，对着火红连衣裙撞去。他犹如天降神兵，飞身上前，抱住被车撞飞的火红连衣裙，火速送往医院。他正想得出神，耳边突然传来"吱……"的一声尖叫，身子像是被什么东西托起，在空中翻了一个跟头，然后重重地落到了地上。

他睁开眼睛时，耳边传来女孩的惊喜声，医生，醒了，他醒了！

他循着声音望去，火红连衣裙正深深地看着他，大街上的一幕重又浮上脑海，想到自己那龌龊的想法，羞愧难当。

住院期间，他经过反省，决定洗心革面，重新做人。

两年后，火红连衣裙成了他的新娘，新婚之夜，他拥住她，深情地说：亲爱的，你是怎么爱上我的？

她羞涩地一笑，仰起俏脸反问：亲爱的，爱需要理由吗？

（发 2019 年 5 月 7 日《中山驾协报》）

◀ 碰　瓷

　　吴局长刚把车开出小巷，耳边突然传来哎哟声，有些沉闷，却非常清晰。

　　吴局长心里咯噔一下，出车祸了！一个急刹车，车身猛晃一下，停了下来。

　　一位年约七旬的老人躺在右车轮处，扶着右腿，"哎哟哎哟"一声比一声叫得响亮。

　　"老人家，您……您没事吧？"

　　"腿，我的腿呀！哎哟，哎哟……"老人叫得脸都变了形。

　　"老人家，我送你去医院。"

　　老人躺在地上不动，一边叫着哎哟，一边含糊不清嘟囔着。吴局费了好大劲，总算弄明白老人不愿意去医院，想吴局长赔偿一笔钱。吴局长自然求之不得，问老人要多少钱？老人伸出一根手指头，在吴局长面前晃了晃。

　　"一百？"

　　老人摇头。

"一千？"

老人还是摇头。

"一万？"

老人点点头。

吴局长红了脸，指着老人的鼻子说："老人家，你的胃口也太大了。我看呀，你根本就没有受伤，就是一位碰瓷的。赔偿一万元，你想都别想。"

老人一听，非常生气，粗着脖子说："你把我撞成这样，竟然还诬陷我是碰瓷的。我报警，让警察来处理。"老人拿出老人手机要报警。

吴局长慌了，一个箭步上前，按住老人的手，赔着笑脸说："老人家，消消气，消消气，有话好商量。"

就算借十个胆，吴局长也不敢报警呀。自己少说喝了一斤酒，全身都是酒气，警察根本用不着测试，便可断定是酒驾。罚款不说，还得处十五日以下的拘留，局长的位子也难保。唉！真是倒霉，竟然遇上碰瓷的。

吴局长压下一肚子的火，拿出中华烟，弹出一支，双手递给老人，笑着说："老人家，抽支烟吧。"

老人哼了一声，把头扭向一边，理都不理。

吴局长哪受过这种气，心里的火烧得噼里啪啦响，想发火，一想到自己是酒驾，立刻像泄了气的皮球瘪了。他强压下满腔的怒火，换一副笑脸，很客气地跟老人商量，两人各退一步，不说一千，也不说一万，折中五千。老人脸上挂着霜，硬邦邦扔过一句话："不行！要么给一万，要么报警。"

吴局长权衡利害关系，只好自认倒霉。可身上没带这么多的现金，银行又离得远，他怕路上碰上警察查车，不敢开车去取钱，怎么办？他思来想去，只好向妻子求助。没想到妻子一听他酒驾遇到碰瓷的，说一声"活该"就把电话挂了。他再拨打，妻子拒接电话。

吴局长非常烦躁，老人又得理不饶人，一个劲嚷着再拿不到钱，就要报警。吴局长一边拨打妻子的电话，一边还得低三下四求着老人再等等。心里很不是滋味，自己堂堂一局之长，竟然还求着碰瓷的糟老头子，真是岂有此理！不求又有什么办法呢？谁让自己酒驾呢。他深深地叹了一口气，只好耐着性子一遍又一遍拨打妻子的电话。他拨到手酸痛，妻子才接了电话。好话说了一箩筐，妻子才同意送钱，但是有一个前提，戒酒！他同意了，心里却打着小九九，以后的事谁说得准呢。

第二天，吴局长到办公室，发现有一个重要的文件忘在家里，只好回家取文件。走到家门口时，听见妻子在屋里说话，他侧耳细听。"张伯伯，昨天真是难为您了。要不是您帮忙，我家老吴不可能同意戒酒的。这些年，他嗜酒如命，身体一天不如一天，再加上酒后开车，我更是提心吊胆，万一出了意外……"妻子哽咽着说不下去。

他鼻子一酸，眼里潮湿一片，心想，真的该戒酒了。

（发 2019 年《中山驾协报》和《吴江日报》转 2020 年《幽默与笑话》第 2 期上）

◀ 一个人的恋爱

郭昕三十有二，仍是单身狗一条。

他对女孩的要求特别高，貌比西施，魔鬼身材，肤如凝脂，三者缺一不可。别人劝他现实一点，他说宁可孤独一身，绝不委曲求全。

老天待他不薄，这样的女孩真让他碰上一个。那天，他下班刚走出公司，耳边突然传来甜脆的惊叫声，哟，这不是老同学郭昕吗？他抬头一看，兴奋地叫道，如烟，是你呀！

如烟是他的高中同学，绰号赛西施，班上的男生把她当神一样供着，谁也不敢有非分之想。可今非昔比，他经过打拼目前是一家大公司的经理，西装一穿，领带一打，伟岸的身材，真正玉树临风。

多年不见，如烟更迷人了，那身段，那模样，真正是人见人爱，花见花开，老鼠见了猫堆里蹿。

闲谈中，他得知如烟来出差，目前单身，喜得在心里翻了好几个跟斗。他唯恐夜长梦多，当晚壮起胆委婉示爱。她什么也没说，冲他妩媚地一笑。

他心花怒放，妩媚的一笑足够说明她也喜欢他，努力就一定能抱得美人归。他经过打听，知道她是王菲的忠实粉丝，喜欢小资情调，喜欢吃西餐等。决定投其所好，俘虏她的芳心。

事也碰巧，第二天市里有一场王菲的演唱会。他喜出望外，在心里对老天做了三个辑，感谢老天创造机会。他当即调动所有的关系，弄了两张贵宾票。她拿着贵宾票，眼睛亮得像天上的星，一个劲夸他有能耐，哪个女孩跟了他，一辈子有享不完的福呢。

他的心里美滋滋的，胜利在望。他不懂音乐，根本没听王菲唱些什么。只是微张着嘴，盯着那张俏脸想入非非：他们拥抱接吻，她娇喘吁吁，含糊不清地说着"昕，我爱你……"他血脉偾张，一把抱起她……他正激情四射，耳边突然传来雷鸣般的掌声，他一惊，清醒过来，忙挺直身子，把手掌拍得震天响。

听完演唱会，他带她到本市最好的西餐厅，点了黑椒猪排披萨、金牌榴梿披萨、脆香龙利鱼、香辣鱿鱼披萨和招牌牛肉意面。她惊得眼珠差点蹦出眼眶，郭昕，这些都是你喜欢吃的？其实他天生跟西餐无缘，入口就反胃。他自然不敢吃，殷勤地帮她夹这夹那，有滋有味看着她吃。她夹了一块金牌榴梿披萨给他，撒娇非要看着他吃下去。他深吸一口气，可金牌榴梿披萨刚入口，胃便闹腾开了。她懵了，讷讷地问，郭昕，你怎么了？他说昨天感冒了，胃不舒服。她笑着调侃，别为了同学伤了胃呀。

他送她到旅馆，分别时，壮起胆想拥她入怀，她泥鳅般从他的手臂滑出，道声晚安，像只花蝴蝶般飞进旅馆。

时间一晃到了情人节。他做了大量准备工作，决定借情人节彻底俘虏她。万没想到，情人节的前一天，公司临时通知他去出差。他请假，老板不允。怎么办？直接打电话跟她说明实情，要是她生气，反问她重要还是公司重要，他该如何回答？网上订99朵玫瑰快递给她，她要是嫌老土，以前的努力岂不白费？思考良久，他有了主意。

情人节的晚上十一点左右，他捧着99朵玫瑰，敲响了她的门。她肯定会喜极而泣，忘情地扑进他的怀里，他便趁机吻住她……这个场景，他在心里设想了无数次，现在他就站在门前，等待着那激动人心的时刻。

随着吱呀一声，门开了，一个男子揉着朦胧的双眼，没好气地问，你是谁，这么晚敲门干嘛？！

他怔住，难道是太激动看错门牌号码？他赶紧道歉，不好意思，弄错了。

神经病！门砰的一声关上。

他仔细对照门牌号码，没错呀。难道她临时搬家了？他深吸一口气，准备敲门问个究竟，里面突然传来女人娇滴滴熟悉的声音，亲爱的，谁在敲门呀！

（发 2020 年 12 月 6 日《番禺日报》）

◀ 三代紧握的手

医院组织的第三批医护人员明天即将赴武汉支援，伍媚再也坐不住了，再次敲响院长的门，强烈要求前往武汉。

第一、二批医护人员去武汉时，伍媚要去，可院长不同意，说她是骨干，应留守医院掌控全盘，强行把她拦了下来．

院长和伍媚的父亲是同学，也是同事。2003 年 SARS 病毒肆意妄为，伍媚的父亲前去支援，不幸感染病逝。院长每次想起老同学，心像有千万根针在扎，泪水在眼眶里。17 年后，他要是同意伍媚去武汉支援，万一有个三长两短，他怎么对得起老同学？更何况伍媚的家庭特殊，老公是公安局分局警察，每天走街串巷、上门入户，排除疫情，忙得脚不沾地。家里只留下一个 70 出头，体弱多病的婆婆照顾 4 岁多的女儿。没想到，这次伍媚是甲鱼吃秤砣铁了心，眼神跟她父亲当前一样坚毅！院长没辙，只好来个缓兵计，叫她晚上回家征求婆婆和老公的意见，如果婆婆和老公都同意，他也不再阻拦。

伍媚知道，老公是绝对支持的，第一、二批医生去武汉时，他俩就去还是不去讨论过，老公是投赞成票的。婆婆呢？婆婆身体弱，常年生病，会不会同意，她心里真没底。不过她想，婆婆通情达理，应该问题也不大。就算婆婆不同意，她也要想办法让婆婆支持。

伍媚忙到7点多才到家，老公还没回家。女儿看见她时，像只兔子般往她身上蹿。她急得一个劲躲避，嚷着别靠近，让妈妈先换衣洗手。婆婆一边端出热腾腾的饭菜一边笑说，媚媚呀，你几天没回家，孩子可想你啦。每天不停地问妈妈什么时候回家，每隔几分钟会跑到阳台，伸出头往外张望，盼着爸爸妈妈回家。伍媚鼻子一酸，眼里便有了泪。

伍媚跟女儿亲热一会后，原本想哄女儿早点睡觉，好跟婆婆说正经事。女儿却非常兴奋，怎么哄怎么劝就是不去睡，婆婆笑着在一旁帮腔，孩子那么兴奋，哪睡得着呢，就让她多玩一会吧。

伍媚一边陪女儿玩，一边思量着如何跟婆婆开口，没想到婆婆主动聊起疫情的事。她赶紧顺着婆婆的话说起有关武汉的疫情，为了增强说服力，她拿出手机给婆婆看新闻，注意到婆婆眼里全是忧愁，不停地叹息，心疼那些感染病毒的人。她也跟着叹息，武汉的疫情越来越严重，目前已经封城。疫情牵动着全国人民的心，有钱的出钱，有力的出力，各地的医护人员自愿前往武汉支持。婆婆看到河南的村支书到火神山医院免费送菜，看到冒着危险参加建造火神山的工人拿出全部工资捐款，看到护士长忍住眼泪告别年幼的女儿去武汉支援，再也忍不住，捂着嘴轻声啜泣起来。

伍媚见时机已熟，正准备说起前去支援的事，谁料婆婆抬起头，一边抹泪一边问，媚媚，这些天我也关注着疫情的进展，也知道你们医院已经去了二批医生去支援。你是医院的骨干，怎么没去呢？

妈，我也想去。女儿这么小，您老身体又不好，再说……伍媚欲言又止。

婆婆站了起来，伸出胳膊拍打几下，又抬腿跳了跳，笑着说，媚媚，你看我身体结实着呢。婆婆不等伍媚说话，把她拉到厨房，打开冰箱，冰箱里堆满了各种各样的菜。婆婆又折回客厅，拉开茶几的抽屉，里面放满板蓝根和各种治感冒的药。婆婆随后又端来一盆水，拿来一瓶洗手液，叫 4 岁多的女儿灵灵现场表演七步洗手法和戴口罩。

婆婆不好意思笑笑，媚媚，妈怕你有后顾之忧，所以……

伍媚没想到自己想做婆婆的工作，婆婆竟为了消除自己的后顾之忧，提前做了大量的准备工作反过来劝自己，感动得一时不知说什么好，紧握着婆婆的手，说声"妈，谢谢你"，眼里滚下泪来。婆婆眨眨眼，媚媚呀，谢什么呀，妈妈支持你是应该的，家里有我，你放心去支援吧。

这时，女儿顽皮地把小手插进媚媚和婆婆紧握的手中，仰起天真无邪的脸，脆生生地说，妈妈，灵灵也支持你！

（发 2019 年 4 月 26 日《惠州日报》）

◀什么时候开城门

女人看见男人丢下公文包，松开领带，一屁股坐到沙发上，确信已真的封城.男人从今天开始，必须老老实实待在家里了。

男人10年前做生意发了财，发了财的男人成了忙人，天天忙生意，忙应酬，常常忙到深夜，一身疲惫回到家，倒头就睡。女人心疼男人，一天夜里亲自做了点心，送到男人办公室。女人没想到的是，办公室漆黑一片，男人根本不在办公室加班！女人打男人电话，男人说在外面谈一笔生意。女人也没多想，嘱咐男人早点回家便挂了电话。那次之后，男人回家的时间越来越晚，有时满身酒气，有时一脸疲倦。女人很心疼，想劝男人不要太累，身体才是最重要的，总也找不到机会。尤其让女人郁闷的是，男人变本加厉，有时整个晚上不回家，有时连续几天不回家，女人问男人，男人总说太忙，太忙。女人想跟男人面对面坐在一起聊聊天，吃吃饭，便成了奢望。

男人待在家里，女人很开心，真的很开心。女人朝也盼，暮也盼，盼来盼去总成空的愿望，如今新型冠状病毒帮她实现了。她恨不得抱住新型冠状病毒，狠狠地亲上两口。

女人身子轻盈，像只鸟儿般飞到沙发上，侧脸望一眼男人，悄悄地把身子往男人身边靠了靠。男人冷着脸，抽出一支烟点上，狠吸一口呼出，两股烟雾呈 S 形飘出，慢慢在女人的面前散开。

女人对着烟雾张开鼻翼深吸一口，烟雾飘入女人的鼻孔，嗦的一声滑入肚里。都说二手烟呛人，有毒，吸入五脏六腑不舒适。女人却觉得甜津津，滑腻腻，吸入舒畅无比。她闭上眼，贪婪地张开嘴深深地吸了一口。

女人夸张的动作惊动了男人。男人扭过头，奇怪地看着女人。女人红了脸，慌忙拿起一个苹果，我……我给你削苹果。男人收回目光，砸出三个字"不想吃"。那……那我给你泡茶。男人不再言语，女人屁颠屁颠泡茶，泡得茶香缭绕，泡出满脸春色。

这么多年来，女人的肚子里憋了几箩筐的话要对男人说，苦于没机会。今天男人坐在女人身边，女人鼓着腮帮子好半天，才说，你……你喜欢看什么电视，我给你调。

恰在此时，男人的电话响了。男人划开手机屏幕，脸上立刻生动起来。男人瞄一眼女人，起身走到阳台去接听。男人再坐回沙发，手指便在手机屏幕上划来划去，一刻也没停过，把女人视为空气。

女人不生气，一点也不生气，男人能待在家，她能时刻看见男人就是莫大的幸福。她甚至在心里祈求疫情永远不要结束，这样男人就可以永远待在家里，坐在身边。

第二天，男人除了比昨天多抽两支烟外，其他的没有任何改变。女人很知足，任劳任怨侍候着男人，泡茶，削水果，做拿手菜，忙得不亦乐乎。女人坚信，假以日期，男人就算是一块石头，她一样能捂化他。

第三天，男人比第二天又多抽了两支烟；第四天，男人比第三天又多抽了一支烟；第五天，第六天……第十天，男人每天除抽烟的次数递增外，其他的还是没有改变。第十一天，男人再抽烟时，女人吸入烟雾后突感不适，看一眼吞云吐雾的男人，微皱了一下眉头，起身拉开客厅的推拉门，走到阳台等待烟雾散尽后，才闷头回到沙发坐下。这样的情形持续了好几天，第十五天时，男人刚吸一口烟，女人突然剧烈地咳嗽起来。女人一边咳一边对男人凶，每天只知道抽，抽，抽！还让不让人活了？！

男人一脸惊讶，片刻后回过神，猛抽了几口烟，把烟蒂狠狠掐进烟灰缸里，自言自语道，妈的，到底什么时候才能开城门呀，老子快憋死了！

女人看着满脸戾气的男人，眼泪唰地流了下来。她突然意识到二手烟不但呛人，还真的很伤人。她想，等到疫情结束，城门大开的那一天，一定要走出城门，好好享受城外的旖旎风光。

（发 2020 年 4 月 12 日《吴江日报》）